카론

김광수 판타지 장편 소설
FANTASY FRONTIER SPIRIT

카론 1

김광수 판타지 장편 소설

초판 1쇄 찍은 날 § 2008년 4월 16일
초판 1쇄 펴낸 날 § 2008년 4월 23일

지은이 § 김광수
펴낸이 § 서경석

편집장 § 문혜영
편집책임 § 최하나

펴낸곳 § 도서출판 청어람
등록번호 § 제1081-1-89호
등록일자 § 1999. 5. 31
어람번호 § 제1-0961호

주소 § 경기도 부천시 원미구 심곡1동 350-1 남성B/D 3F (우) 420-011
전화 § 032-656-4452 팩스 § 032-656-4453
http://www.chungeoram.com
E-mail § eoram99@chollian.net

ⓒ 김광수, 2008

ISBN 978-89-251-1279-4 04810
ISBN 978-89-251-1278-7 (세트)

카론

KARON

김광수 판타지 장편 소설

FANTASY FRONTIER SPIRIT

1

CONTENTS

✤ 마병갑

잊혀진 마도시대 마법 아이템의 총아.

스피릿과 마나를 일정 이상 축적한 자들만이 사용할 수 있는 마법 갑옷.

마병갑이 활성화되는 순간 마법저항력, 물리적 방어력, 정령 방어력 등이 발생한다.

마병갑에 적용된 마정석의 등급에 따라 마병갑의 활성화 능력은 비례한다.

· 슈인트 급 : 스피릿 포인트(SP)지수 200이상을 소유한 스피릿 나이트들이 착용하는 가장 하급의 마병갑. 일반 스피릿 나이트들이 착용하는 마병갑이다.

· 미라쥬 급 : 스피릿 포인트(SP)지수 500이상을 소유한 스피릿 나이트들이 착용하는 중간급의 마병갑. 기사단장이나 상급의 기사들이 착용하는 고가의 마병갑.

· 칼린츠 급 : 스피릿 포인트(SP)지수 1000이상을 소유한 스피릿 나이트들이 착용하는 상급의 마병갑. 각 왕국에 몇 기 없는 명품들이다.

· 엠페러 급 : 스피릿 포인트가 극한에 이르고 선택받은 자들만 사용할 수 있는 마병갑. 마도시대에도 몇 기만 만들어진 전설로만 내려오는 마병갑. 능력 측정은 불가능하다.

✤ 마정석

마병갑을 비롯한 마법방어진 및 마법과 연관된 모든 곳에 사용되는 마법의 돌.

특급부터 칠등급까지 분류가 된다.

일급의 마정석은 일개 성과 맞바꿀 수 있을 정도의 가치를 지니고 있다.

또한 마정석은 광채로 특성이 발현된다.

블루, 레드, 옐로우, 실버로 분류되며 각각 수 계열, 화염 계열, 대지 계열, 풍 계열의 특성을 품어 마법방어력 및 공격력에 영향을 미친다.

✤ 마령석

자연에서 채취한 광석이 아닌 거대한 마물이나 몬스터에게서 채취하는 마법의 돌을 의미한다. 최상급의 마령석은 드래곤하트로 알려져 있다.

보통 마정석과 비슷한 효과를 내나, 사용 기한의 제한과 마정석보다 순도가 떨어지는 단점이 있다.

✤ 시간의 단위

· 1시간 : 1디키

· 1분 : 1야기

✤ 질량의 단위

· 1㎏ : 1키랑

· 1g : 1그랑

✤ 길이의 단위

· 1㎞ : 1키온

· 1m : 1미온

· 1㎝ : 1시온

✤ 그 밖의 단위

· 프로(%) : 디르

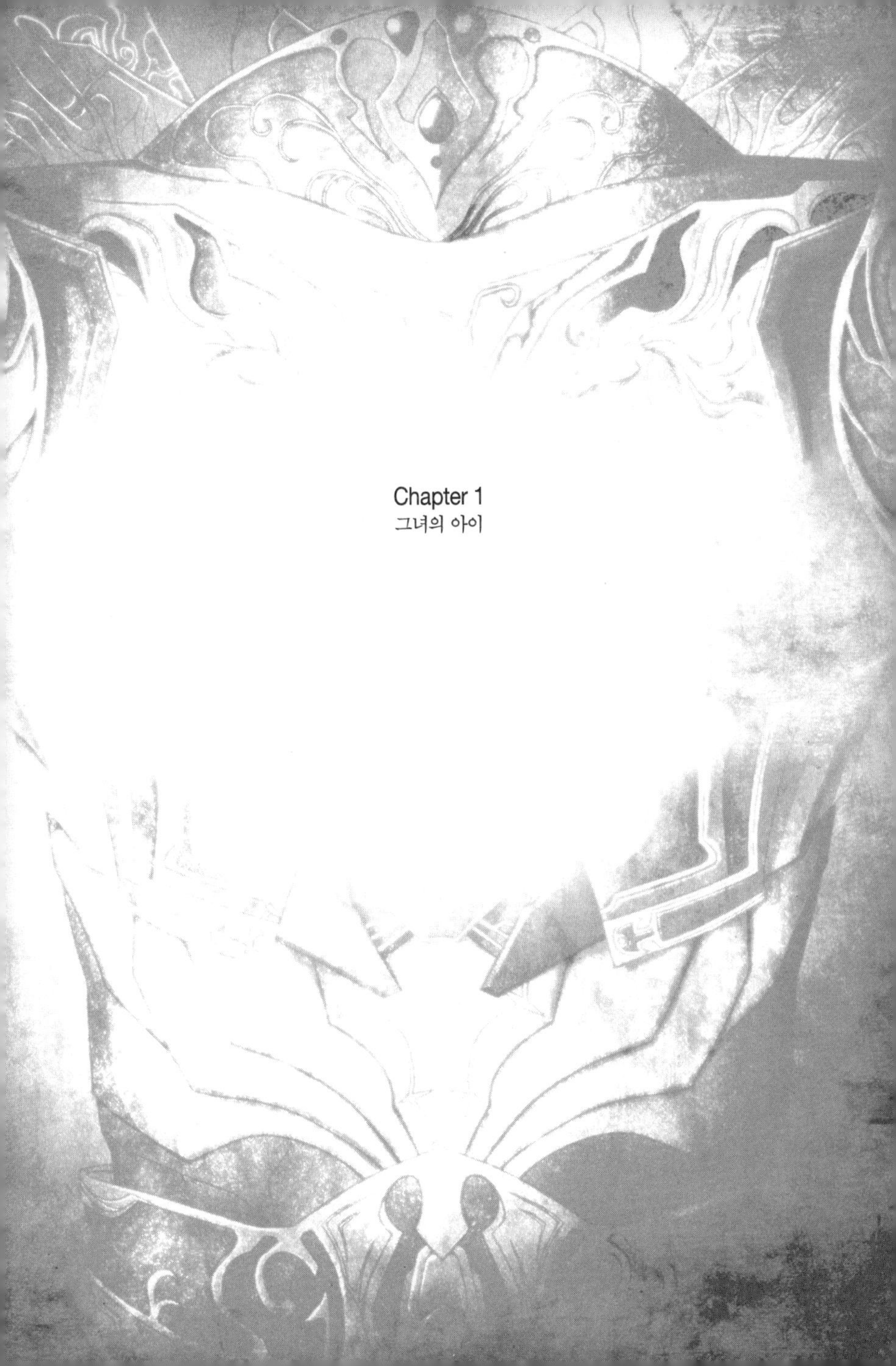
Chapter 1
그녀의 아이

쿠궁! 쿠궁!

쩌저적, 쩌저적!

세상에 드문 일급 마정석으로 보호되는 내성의 성문이 부서지는 소리가 공간을 울렸다.

다양한 마법이 작렬하며 부서지는 성문.

그 성문을 따라 내성의 단단한 성채도 먼지를 흩날리며 기둥째 흔들렸다.

“주군, 피하십시오. 놈들을 막을 수 없습니다.”

“슈인트 급과 미라쥬 급 마병갑을 소유한 스피릿 나이트들이 수백 명입니다. 거기에 왕실 마탑의 할버트 경이 이끄는 마법병단까지 공격을 퍼붓고 있습니다. 아무리 내성이 일급 마정석으로 보호되어 있다 하지만 무너지는 것은 시간문제입니다.”

“크으, 죽일 놈들. 어찌 왕국의 국경을 보호하는 우리를 칠 수 있단 말인가!”

기사들의 비분강개한 음성이 대회의장을 울렸다.

동대륙 잘스 왕국의 기상이라 불리는 바르샤 공작가.

오십 년 만에 일개 왕국에서 다섯 개의 왕국을 집어삼키고 동대륙의 패자로 군림한 카즈란 제국에 맞선 역전의 가문.

만약 바르샤 공작가가 없었다면 잘스 왕국은 이미 제국에 병탄되었을 것임을 대륙 사람들은 모두 알고 있었다.

‘이제 이 왕국도 끝인가…….’

가신들의 피눈물을 바라보며 사십대 초반의 젊은 공작은 왕국의 미래를 예견하였다.

마법으로 처리된 검은빛이 실루엣처럼 흐르는 기사용 망토를 두르고, 그 안에 같은 색의 검은 마병갑을 걸친 남자.

어깨까지 묶인 단정한 은색의 머리칼은 바르샤 가문의 적통임을 의미하였고, 그 아래 자리 잡은 각진 얼굴은 남자의 기백이었으며, 깊고 예리한 검은 눈동자는 현자의 눈빛이었다.

그러나 현자의 눈빛 속에 자리 잡은 두 동공은 먹이를 노리는 사자의 눈.

입술을 차갑게 다물고 있는 남자.

동대륙의 전설로 불리는 불멸의 흑기사 듀크 공작이었다.

왕국에 단 세 기뿐인 칼린츠 급 마병갑을 소유하고 삼백의 흑기사단과 오만의 병력으로 천 명의 스피릿 나이트 기사단과 오십만 제국 병력을 오 년째 막아내고 있는 전설의 기사.

그러나 오늘 그가 배신의 칼날을 맞아야 했다.

공작가를 이을, 늦은 나이에 얻은 하나뿐인 자식의 첫 번째 네임데이.

전쟁의 와중이었건만 왕궁과 각 귀족가에서 축하사절단을 보냈다. 조금 많은 인원이다 싶었지만 거센 제국의 창날을 막아내는 공작가에 대한 예우라 생각했다.

그러나 외성에 들어서자 사절단은 습격자로 변신하였다.

그와 함께 기다렸다는 듯 외성 밖에서 대기하고 있던 마법사들과 마병갑을 소유한 스피릿 나이트들이 동조하기 시작했다.

눈 깜짝할 사이에 외성이 점령당했고, 내성까지 공격을 당한 것이다.

'쥬인스 이 어리석은 친구야, 나를 버린다 해도 이 왕국은 지켜지지 못할 것이네. 카즈란, 그들은 대륙을 삼키기 전에는

언제나 배고픈 늑대라네.'

하나뿐인 친구 쥬인스.

삼백 년 역사의 잘스 왕국의 소심한 당대 국왕이었다.

사자왕이라 불렸던 선왕에게 언제나 주눅이 들어 살던 쥬인스 국왕.

선왕 사후 칠 년 만에 왕국을 스스로 멸망시키려 하였다.

"주군, 후일을 도모하십시오. 이대로 허망하게 죽을 수는 없습니다. 국경에 나가 있는 흑기사단 나이트들과 함께 이 가증스러운 왕국을 벌하십시오!"

공작가의 기수 가문인 자베린 백작이 이를 악물며 후일을 도모하라 하였다.

카즈란 제국과 대치 중인 두 요새에서 스피릿 나이트들과 공작가의 병력을 빼낸다면 가능한 일이었다.

흑기사단이라 불리는 공작가의 스피릿 나이트들.

비록 왕국과 공작가의 재정 때문에 대부분이 슈인트 급 마병갑을 소유하고 있었지만 SP(스피릿 포인트)는 이미 미라쥬 급을 착용할 수 있는 500SP를 넘어가고 있었다.

가공할 전력.

하지만 젊은 주군은 입가에 미소만을 지을 뿐이었다.

"기사라면 죽을 때를 알아야 하는 것. 이곳이 내가 뼈를 묻을 자리다."

한 번 내뱉으면 다시 입에 주워 담지 않는 젊은 주군.

내성을 수호하는 스피릿 나이트라고 해야 열 명도 채 안 되는 상황.

결코 승산이 없었다.

듀크 공작의 결정에 기사들은 핏기가 돋은 눈동자로 검을 뽑아 들었다.

차자자장!

쿠구궁!

마병갑과 일체형의 기사용 중검이 대회의장의 바닥에 박혔다.

그리고 오직 주군만을 위하여 꿇는 기사들의 오른쪽 무릎이 바닥에 꿇려졌다.

"주군을 따라 신 자베린, 지옥의 여신 헤라인을 영접할 것입니다!"

"주군의 검 자이안스, 전투의 신 피르안의 축복 속에서 주군을 따를 것입니다!"

"주군의 팔, 신 타디온. 정의의 신 아파스에게 제 심장을 바칠 것입니다!"

남편이 전장에 나간 사이 홀로 공작가의 후손을 낳던 공작가의 안주인. 급박한 상황에 공작가의 모든 사제들이 전투에 참가하는 사이, 홀로 길고 긴 산고 끝에 죽었다.

그리고 얻은 하나뿐인 아들.

그 아들을 위하여 잠시 전장에서 이탈했던 듀크 공작.

고개를 돌렸다.

"아리스, 카론을 데려오라."

"네, 주군."

듀크 공작의 헬퍼 나이트 중 하나인 아리스.

이제 갓 스물세 살의 젊은 여자 나이트는 품에 소중히 안고 있는 아이를 듀크 공작에게 데려갔다.

"까르르르."

태어나자마자 어미를 잃고 헬퍼 나이트인 아리스의 품에서 성장한 카론. 아리스가 움직이자 해맑은 미소를 지었다.

대바르샤 공작가를 이을 후계자.

하지만 카론의 네임데이는 신들이 허락하지 않았다.

"빠빠, 아빠빠……."

태어나서 몇 번 보지도 못한 아버지인 듀크 공작을 알아보는 카론. 고사리 같은 손을 뻗어 까칠하게 자란 아비의 턱수염을 매만졌다.

아비를 빼닮은 투명한 은발에 검은 눈동자.

영락없는 사자의 새끼였다.

"하하, 녀석, 이 아비의 얼굴을 잊지 않았구나."

신하에게는 엄정하면서도 신의를 지키는 주군이요, 영지

민들의 마음을 항상 헤아려 주는 자상한 영주 듀크.

그러나 전쟁 때문에 지켜주지 못한 자신의 아내와 아이에게는 항상 미안한 아비였다.

그런 아비를 향해 웃음을 던져 주는 아들 카론에 대한 미안함과 함께 뿌듯함이 밀려왔다.

"아들, 이 아버지는 부끄럽지 않게 살다 신의 품으로 돌아간다. 너도 나처럼 살아라."

아들의 네임데이에 대사제의 축복 대신 자신처럼 살다 가라는 듀크 공작. 그는 그럴 자격이 있었다.

신과 세상 그 무엇에도 부끄럽지 않게 살아왔었다.

"아리스, 부탁한다."

"네? 그게 무슨 말씀이십니까, 주군?"

공작가의 기수 가문인 자베린 백작가의 무남독녀 외동딸인 아리스. 건강한 남자들도 벅찬 스피릿 나이트가 되기 위하여 여인이라는 성을 버렸다.

십오 세 때, 헬퍼 나이트의 기사가 될 자격을 얻고 스물이 넘어서 꿈에 그리던 듀크 공작의 헬퍼 나이트가 되었다.

비록 SP가 한참을 모자라 공작을 대신하여 칼린츠 급 마병갑을 운용할 수는 없지만, 그래도 좋았다.

아리스 그녀에게 듀크는 세상에서 가장 완벽한 남자였다.

"카론의 운명을 부탁한다. 이제부터 넌 카론의 어미다."

아들을 품에 안고 이글거리는 듀크의 검은 눈동자.

불타오르고 있었다.

입으로는 아무렇지도 않게 웃고 있지만 배신과 분노에 활활 타오르는 눈동자.

사자가 포효를 하려 하였다.

"아이를 받아라."

이제 더 이상 볼 수 없는 자신의 아들을 아리스에게 넘기는 듀크.

덜컥.

갑자기 망토 사이에 걸치고 있던 자신의 칼린츠 급 마병갑 흑사자를 끌렀다.

"받아라."

"네? 이, 이것을 왜?"

스피릿 나이트 그 자체라고 할 수 있는 마병갑.

그리고 모든 스피릿 나이트들이 소유하기를 꿈꾸는 문명 최고의 걸작품인 칼린츠 급 마병갑.

SP지수 1,000을 넘어야 사용할 수 있으며, 그 착용만으로 세상에 대적할 자가 몇 없다는 최상의 마병갑.

자신의 모든 것이라 할 수 있는 마병갑을 듀크 공작은 미련 없이 아리스에게 넘겼다.

"공작가에 설치된 텔레포트 마법진은 최대 이동 거리 20키온. 온 힘을 다하여 이곳을 벗어나라. 그리고 카론을 부탁한다. 내 아들이 아닌 너의 아이로.”

덜컥덜컥.

“아리스, 내 것도 부탁한다.”

“아리스 경, 내 것도 부탁하오. 저 은혜도 모르는 놈들에게 내 마병갑을 넘겨줄 수는 없소.”

듀크의 뒤를 따라 자신의 마병갑을 벗어내는 세 명의 스피릿 나이트들. 그중에는 아리스의 아버지인 자베린 백작도 있었다.

“걸쳐라, 미라쥬 급이지만 네가 사용할 수 있도록 내가 손을 봐놓았다.”

하나뿐인 딸이지만 다른 귀족가의 처녀처럼 제대로 된 사교 파티에 보내본 적이 없었다.

어릴 때부터 보아왔던 기사들의 큰 그림자.

딸도 어느새 기사가 되어 있었다.

쿠구구구구궁!

쩌저저저저적!

서글픔과 애절함이 교차하는 그 순간, 내성이 무너지는 듯한 엄청난 충격파가 밀어닥쳤다.

“하하, 성격도 참 급한 사람들이군.”

입가에 차가운 미소를 한입 베어 문 흑기사 듀크 공작.

아리스와 자신의 아들을 한 번 바라보더니 등을 돌렸다.

펄럭!

검은 망토가 펄럭이며 바람을 일으켰다.

처저적!

그 뒤를 따라 흑기사단을 상징하는 검은 망토를 휘날리며 사라지는 스피릿 나이트들.

"듀크, 아버지……."

사라진 공작과 아버지를 향해 뜨거운 눈물을 흘리는 아리스는 품에 안긴 아이를 꼬옥 껴안았다.

이제부터 카론은 아리스가 목숨으로 지켜야 할 자신의 아이였기에.

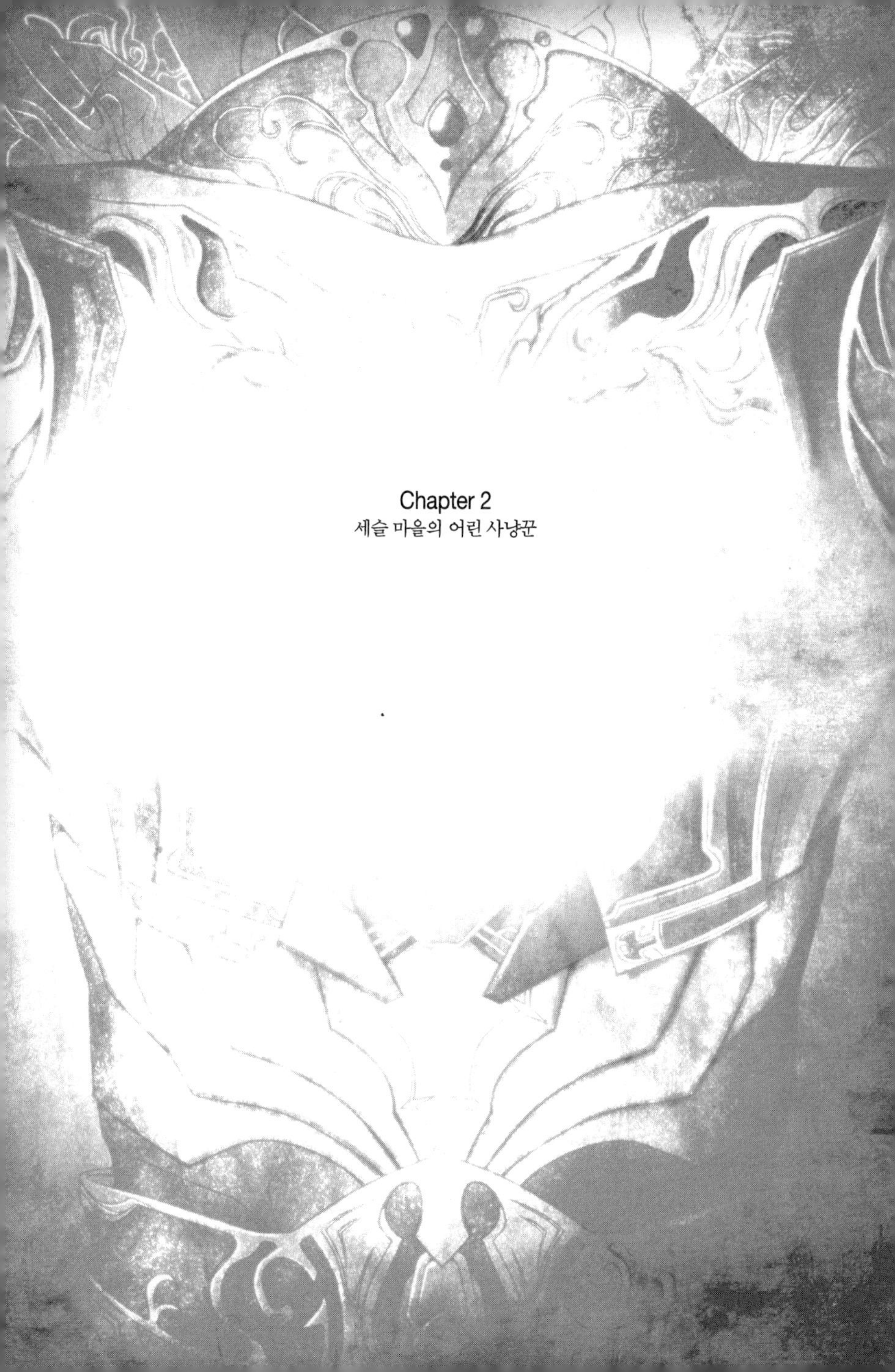

Chapter 2
세슬 마을의 어린 사냥꾼

KA
RON

"카론! 그쪽으로 갔어!"

"으아아! 도망친다! 잡아!"

타다다다닥!

봄에서 여름으로 넘어가는 계절.

울창한 숲 속에서는 한바탕 난리가 나고 있었다. 십여 명의
소년들이 날카로운 창과 활을 들고 사냥감을 열심히 뒤쫓았다.

두두두!

그리고 소년들의 집단 몰이에 멧돼지 한 마리가 쏜살같이
숲 사이를 건너뛰었다.

‘온다!’

오늘 하루 종일 쫓았던 멧돼지가 거칠게 땅을 울리며 달려왔다. 마른침을 삼키며 창을 잡았다.

반드시 멧돼지를 잡아야 했다. 배고픈 마을 사람들을 위하여, 집에 있는 아픈 엄마를 위해서 영양가있는 고기가 필요했다.

추추추추추죽!

저 멀리의 수풀이 낫에 베인 듯 이리저리 쓸려갔다.

꾸에에에에에에에!

그리고 귓가에 울리는 성난 멧돼지의 함성.

온몸의 털이란 털은 다 곤두섰고, 두 눈은 다가올 공포에 대비하여 한없이 커졌다.

‘일격! 단 한 번의 기회를 놓치면 내가 죽는다!’

이제 내 나이는 열세 살.

하지만 분노의 숲에 사는 이유만으로 열세 살은 어린 나이가 아니었다.

날카롭게 벌여진 2미온(m) 크기의 창. 세슬 마을 사람이라면 누구나 열 살이 되면 지급되는 보호용 및 사냥용 창이 손 안 가득 잡혔다.

‘숨을 들이켜고 한 점을 노린다. 단 한 번!’

마을 경비대장인 크락크 아저씨에게 전수받은 창술을 생

각하며 스피릿을 모았다.

바깥세상에서는 아무나 배울 수 없는 스피릿 나이트 전용 창술이라고 자랑을 하는 외팔이 크락크 아저씨.

듣기로 스피릿 나이트는 아니었고, 어느 기사의 헬퍼 나이트였다고 한다.

두두두두두두두두.

쿠에에에에엑!

"카론! 막아! 절대 놓치면 안 돼!"

"위, 위험해!"

이곳에서는 아이들이라 해도 자신의 밥값을 해야 했다. 먹을 것이 언제나 부족한 세슬 마을.

사냥은 살기 위한 필연적 선택이었다.

파바바바밧!

'이놈!'

10미온 앞의 수풀이 미친 듯이 흔들렸다. 눈은 다가올 공포에 맞서 단 한순간도 깜짝이지 않았다.

다른 곳과 달리 분노의 숲의 동물들은 강하였다. 어지간한 왕국의 크기만 한 분노의 숲. 갖가지 몬스터들이 득실거리는 이곳의 짐승들은 살기 위하여 강해야만 했다.

그중에서도 강한 축에 들어가는 멧돼지가 아이들의 어설픈 사냥감으로 걸려들었다. 성인들도 결코 쉽게 잡을 수 없는 수컷 멧돼지가 말이다.

"타앗!"

짧은 기합을 지르며 땅을 박찼다. 이제 열세 살에 키는 160세온(㎝). 또래보다 작지 않은 키였지만 아직은 어린 소년의 몸이었다.

파앗!

손에 들린 날카로운 창끝에서 푸른빛이 일렁였다. 세슬 마을의 경비대장 크락크가 감탄할 정도의 강력한 스피릿이 유형화된 빛으로 나타났다.

'네가 죽어야 내가 산다!'

처음 눈을 뜨고 생각이라는 것을 할 때부터 보아온 수많은 전투 광경들. 시시때때로 쳐들어오는 몬스터들의 공격. 아침에 오크가 공격해 오면 저녁에는 피 냄새를 맡고 고블린이 쉬지 않고 공격해 왔다.

그렇게 자연스럽게 삶과 죽음의 상관관계를 깨달았다.

자신을 죽이려는 자를 죽여야 자신이 살 수 있다는 것.

쿠에에엑!

가다가 멈춰 선 작은 공터. 등에 어설픈 화살이 꽂혀 화가 난 수컷 멧돼지가 길게 뻗어난 이빨을 드러내며 달려왔다.

숲의 무법자인 수컷 멧돼지.

암컷과 새끼들을 지키기 위하여 자연스럽게 발달한 날카

롭고 흉포한 송곳니와 단단하기 그지없는 발목.

더군다나 멧돼지는 지금 극도로 흥분하여 화가 난 상태라 평소보다 더 강한 힘을 내었다. 등판에 꽂혀 있는 화살이 의미하는 죽음을 알기에 살기 위하여 모든 힘을 끌어내었다.

그런데 겁없는 인간이 눈앞에 나타났다.

자신을 향해 부러질 것 같은 창을 들고 달려오는 인간 꼬마.

멧돼지는 그대로 돌진했다.

저 인간의 연약하기 그지없는 살을 날카로운 이빨로 물어뜯고, 나뭇가지 같은 뼈를 발과 몸으로 부러뜨려 버릴 것이라 생각하며 온 힘을 다해 돌격했다.

쿠에에에에에에!

온 숲이 떠나가라 울음을 터뜨리는 멧돼지. 수백 년 된 나무라도 부러뜨릴 것 같은 기세로 돌진하였다.

“죽엇!”

그 순간 모여든 모든 스피릿을 창끝에 모아 멧돼지의 정면을 향해 마주 달려갔다.

어깨까지 자란 기다란 은발을 펄럭이며 두 눈동자에는 멧돼지보다 더한 강인한 의지를 담았다.

‘지금이다!’

이성을 잃고 달려오는 멧돼지. 오직 자신만을 향해 달려오는 무식한 멧돼지를 향해 단 한 번도 시선을 놓치지 않았다.

그리고 찾아온 절대 기회.

자신을 물어뜯기 위하여 흉포한 입을 벌리고 달려오는 커다란 멧돼지의 입.

두 손에 들린 창을 뻗어 달려오는 멧돼지의 입속으로 힘껏 찔러 넣었다.

그 순간 멧돼지는 2미온까지 다가온 상태. 무시무시한 노란 살기를 뿌리는 멧돼지의 몸이 어느새 내 몸을 들이받고 있었다.

"얍!"

퍼억!

숲 속을 울리는 쩌렁쩌렁한 기합과 함께 무언가가 창에 꿰뚫리는 파육음.

창은 어느새 멧돼지의 입을 뚫고 뒷목으로 삐죽 튀어나왔고, 나는 창을 버리고 힘껏 몸을 허공에 띄워 달려오는 멧돼지의 몸 위로 날았다.

"와!"

멧돼지를 쫓아오던 소년들이 입을 다물지 못하고 함성을 터뜨렸다. 자신들은 죽었다 깨어나도 할 수 없는 용기와 임기응변의 몸놀림.

보는 것만으로도 오금이 저려오는 수컷 멧돼지 앞에서 저리 할 수 있는 사람은 세슬 마을에 아무도 없을 것이었다.

꾸에에에에엑.

쿠쿵!

입속을 파고든 창에 목이 꿰뚫렸건만 마지막 비명을 힘차게 지르는 멧돼지. 달리는 힘 때문에 몸을 멈추지 못하고 그대로 커다란 나무의 밑동을 받아버렸다.

타닥!

그렇게 멧돼지가 나뒹구는 순간, 허공에 몸을 띄웠던 나는 멋지게 몸을 비틀며 땅에 착지하였다.

"휴우……!"

그리고 길게 한숨을 뱉었다.

'죽을 뻔했다.'

보기에는 쉬워도 목숨을 내놓고 펼쳤던 수법.

멧돼지가 물어뜯기 위하여 입을 벌린 채 달려오길 기다리다 그 안에 창을 밀어 넣고, 그 순간 몸을 날리는 일은 머리에 선명하게 그려지지 않으면 불가능한 일이었다.

"카론! 역시 대단해!"

"세슬 마을 최고의 사냥꾼은 이제부터 너야!"

멧돼지를 내 앞으로 몰았던 십여 명의 아이들이 모두 다 존경의 눈빛으로 나를 바라보았다.

자신들보다 더 나이가 어리건만 능히 성년 사냥꾼 몫을 해 낸 나. 이 순간 집에 있는 아버지들보다 더 위대해 보였을 것이다.

"모두 이러고 있을 때가 아니야. 피 냄새를 맡고 몬스터들이 몰려들지 몰라. 어서 마을로 돌아가자!"

음영이 드리워진 분노의 숲을 바라보며 나는 냉정하게 입을 열었다.

이곳은 세상 사람 모두가 두려워한다는 분노의 숲.

나무가 빽빽하여 그 안이 보이지 않는 숲은 이야기 속 마녀의 어두운 치맛자락 같았다.

"동쪽 숲으로 사냥에 나갔던 아이들이 돌아왔다!"

둥! 둥! 둥!

마을의 높은 전망대에 올라가 경비를 서던 마을 주민들이 힘껏 북을 울렸다.

"히히, 우리가 잡아온 멧돼지를 보면 다들 놀랄 거야."

"얼마 전에 자란 아저씨가 잡아온 멧돼지보다 배나 커."

"엄마가 기뻐하실 거야."

기다란 나뭇가지에 멧돼지를 묶고 마을로 들어서는 아이들의 얼굴에는 환한 미소가 깃들어 있었다.

분노의 숲 자유마을.

몬스터의 공격에 대비하여 제법 높은 구릉 위에 통나무와 흙으로 만든 장벽으로 보호되는 세슬 마을이었다.

마을을 공격하는 몬스터들의 침입에 대비하고, 또 곡식을 심기 위하여 마을 주변 2키온 둘레는 모두 나무가 베어져 휑하였다.

"자이온!"

"엄마!"

"카슬!"

아이들을 기다리며 숲을 향해 경비를 서고 있는 수십 명의 남자들. 그들 뒤로 곡식을 심고 있던 여인들이 자신의 아이 모습을 발견하고 힘껏 이름을 불렀다.

숲에 사냥을 보내놓고 조마조마한 심정으로 자식을 기다리던 부모들.

일을 하면서도 내내 아이들 생각뿐이었을 것이다. 분노의 숲에서 살아남기 위해 아이들도 사냥을 해야 했고, 어른들은 도와줄 수 없었다.

냉정한 숲과 연관된 삶의 법칙.

무기를 들고 전투를 할 수 있는 힘이 있다면, 스스로 자신의 운명을 시험해야 했다.

언제 어디서 습격할지 모를 몬스터와 맹수로부터 자신과 마을을 보호하는 전사임을 스스로 증명해야 하는 것이다.

성장한 우리들이 사냥을 하는 동안, 사냥을 나가지 않는 성년 남자들은 몬스터의 습격에 대비하여 대부분 무기를 들고 경비를 서야 했다. 그리고 힘든 농사일은 여인들이 도맡아야 했다.

더욱이 지금은 봄.

봄에 뿌릴 씨를 제외한 대부분의 먹을거리가 겨울 동안 사라지고 없었다.

성장한 우리들이 나가서 토끼라도 잡아오지 않으면 굶어 죽을 수도 있었던 것이다.

"헉! 이, 이렇게 큰 멧돼지는 몇 년 만에 처음 보는군!"

"설마 이것을 너희들이 잡았느냐?"

숲을 향해 경비를 서면서도 마을 사람들은 모두 십여 명의 아이들이 힘겹게 메고 오는 멧돼지를 바라보며 놀람을 터뜨렸다.

능숙한 사냥꾼도 잡기 힘든 멧돼지를 아이들이 잡아오자 믿기지 않는 것이었다.

"카론이 잡았어요!"

"카론이 멧돼지 입에 창을 쑤셔 넣어 단숨에 잡았어요!"

"카론이!"

아이들이 이구동성으로 입을 열었고, 마을 사람들은 다른 아이들보다 작은 나를 바라보았다.

나는 부러진 창을 들어 보이며 그런 마을 사람들을 향해 따스한 눈빛을 보내주었다.

십이 년 전 겨울.

매서운 겨울바람이 몰아치는 분노의 숲을 뚫고 어머니가 나를 데리고 이곳에 나타났다.

무슨 사연이 있는지는 몰라도 깊은 상처를 입고 나타난 나의 어머니. 마을 사람들은 오랜만에 나타난 사람을 보고 황급히 맞아들였다.

모든 왕국이 버린 분노의 숲. 이곳에 모인 이들도 다들 갈 곳 없는 이들의 후손이었다.

도망친 농노이거나 탈영한 병사들, 아니면 억울하게 죄를 짓고 죽기 살기로 도망쳐 온 이들.

세상에서 버림받았음이 분명한 어머니와 나를 이들은 따스하게 받아주었던 것이다. 따뜻한 집과 겨울을 날 장작, 그리고 봄에 뿌릴 씨앗을 어머니와 나를 위해 베풀어준 이들.

이들은 모두 나의 부모였다.

"어서 마을로 들어가자. 피 냄새를 맡고 어떤 놈들이 나타날지 모르니."

먹을 것이라면 죽음을 두려워하지 않는 분노의 숲 속 몬스터들과 맹수들이었다.

우리가 멧돼지를 잡아오자 서둘러 일을 정리하고 마을로

향했다.

'엄마, 카론이 왔어요.'

멧돼지를 짊어지는 아버지들과 아이들의 얼굴과 손을 쓰다듬어 주는 어머니들을 바라보며 나는 집에 홀로 있을 엄마를 생각했다.

이제 내 나이 열세 살.

아무리 멧돼지를 잡을 수 있는 사냥꾼이라 해도 아직은 엄마 품이 그리운 어린아이였다.

"수고했다, 카론."

그때, 사람들의 제일 뒤편에서 숲을 경계하며 물러서던 자일이 내 머리를 쓱쓱 쓰다듬어 주었다.

"카론, 네 덕분에 오늘 마을 사람들이 오랜만에 고기 수프를 먹을 수 있겠구나."

마을의 대장장이답게 커다란 손바닥에 정을 담아 나의 머리를 쓰다듬어 주는 자일.

그를 향해 부러진 창을 조심스럽게 내밀었다.

"창이 부러졌어요. 죄송해요."

"하하, 창날이 나간 것도 아니고 나무로 만든 창대가 나간 것이 뭐가 죄송하다는 것이냐. 네가 원한다면 무쇠로 만든 창도 만들어줄 수 있단다."

"정말요? 정말 무쇠로 만든 창을 만들어주실 수 있나요?"

매일 매일 어머니의 명으로 무식한 수련을 했다. 지금도 목숨을 걸고 사냥을 나갔건만 보이지 않는 몸 곳곳에는 20키랑이 넘는 쇳덩어리가 매달려 있었다.

그렇기에 그까짓 무쇠로 만든 창은 아무것도 아니었다.

"그럼. 이 마을에 남아도는 것은 질 좋은 철밖에 없지 않더냐. 며칠 내로 만들어주마."

마을 뒤편에 자리 잡은 작은 돌산. 그 안에는 세상 사람들이 좋아할 질 좋은 철광산이 있었다.

불행 중 다행스럽게도 그 철광산으로 세슬 마을 사람들은 무기와 농기구를 마음대로 만들 수 있었다.

"북쪽 숲으로 사냥 나간 아이들은 아직 안 돌아왔나요?"

이른 아침 촌장님과 마을 사람들의 환송을 받으며 우리 조와 함께 북쪽 숲 속으로 사냥을 떠난 소년들이 있었다.

"음, 아직 안 돌아왔구나. 지금쯤이면 돌아와야 할 시간인데……."

북쪽 숲을 바라보며 자일이 걱정스러운 눈빛을 지었다.

'루카, 뭐 하는 거야? 이제 숲이 위험해질 시간이라고.'

나와 함께 세슬 마을의 소년들 중에서 가장 힘이 세고 담력이 좋은 주근깨 소년 루카.

루카는 나보다 두 살이 많았지만 우리는 친구였다.

마을의 튼튼한 방책 문을 열고 들어서며 북쪽 숲을 바라보았다. 친구들의 무사 귀환을 진심으로 신께 기원하면서.

"오오! 세상에 저렇게 큰 멧돼지는 처음이야!"
"이제 저 아이들도 완벽한 사냥꾼이 되었어. 다친 사람이 한 명도 없고 말이야."
마을 안으로 들어서자 마을 사람들이 모여들었다. 그리고 아이들과 나는 보무도 당당하게 촌장님 집으로 향했다.
'멧돼지 말고도 토끼가 세 마리, 비둘기가 두 마리. 적어도 내 몫으로 뒷다리 하나와 토끼 한 마리는 배당될 것이야.'
어릴 적부터 사냥이 하고 싶었다.
마을의 어른 사냥꾼들이 간간이 잡아온 사냥물은 이백 가구가 넘는 마을 사람들 모두가 나눠 먹기에는 부족했다.
숲이 바로 앞에 있지만 몬스터와 맹수들 때문에 멀리 나가 과일 같은 것을 따올 수도 없었다.
그렇기에 언제나 배고팠던 어린 시절.
사냥꾼들 덕분에 고기 기름이 둥둥 뜬 수프는 먹을 수 있었지만 나는 항상 고기에 목말랐다.
언제나 아파서 누워 있는 어머니를 위해서 영양가가 풍부한 살코기가 필요했다. 하지만 아픈 누구를 위하여 배당될 고기는 없었다.
아무리 이웃을 사랑하는 마을이지만 집에 있는 자신의 아이들을 위해서는 다들 냉정했다.

아니, 마을에 내려오는 불문율이었다.

그리고 아무도 그 불문율에 불만이 없었다.

분노의 숲에 사는 그 자체가 하늘이 내린 벌이었기에.

"하하하, 이렇게 큰 멧돼지를 잡다니! 능숙한 사냥꾼도 힘든 일을 우리 세슬 마을의 젊은 용사들이 해냈구나."

사람들의 목소리에 어느새 나와 있던 촌장님이 커다란 멧돼지를 바라보며 함박웃음을 터뜨렸다.

"카론이 잡았어요."

"카론이 단숨에 멧돼지의 입에 창을 쑤셔 넣었어요!"

나이가 많아봐야 다들 열일곱을 넘지 않은 어린 사냥꾼들. 나를 바라보며 자랑스러운 표정을 지었다.

"호오, 가장 어린 카론이 멧돼지를 잡았단 말이더냐?"

백발이 성성한 촌장님이 자애스러운 눈빛으로 나를 바라보았다.

"아닙니다. 저 혼자 어떻게 사냥을 할 수 있었겠습니까. 다들 한마음이 되어 사냥한 결과입니다."

"카론, 아니야. 어느 누구도 너같이 사냥할 수 없어. 네가 아니었다면 우리는 아무것도 아니야."

"맞아, 카론. 너무 겸손한 것도 이 형들에게 안 어울려."

"카론, 그렇게 겸손할 필요 없단다. 세슬 마을 사람 누구나

네 실력은 인정하고 있지 않더냐.”

아이들의 이구동성에 촌장님이 미소를 지어주셨다.

“그럼 오늘 동쪽 숲에서 잡은 사냥감을 배분하겠소.”

“…….”

촌장님의 말에 마을 사람들은 침묵을 지키며 눈빛을 빛냈
다.

다들 고기다운 고기를 먹어본 지 한 달이 넘어가는 상황.

오늘 저녁 식탁에 오를 고기 수프를 머릿속에 떠올릴 것이
다.

“세슬 마을의 전해 내려오는 전통에 따라 오늘 가장 큰 공
을 세운 카론에게 멧돼지의 뒷다리와 토끼 한 마리를 내릴 것
이오. 그리고 같이 사냥을 나갔던 사냥꾼들에게 돼지의 내장
과 간, 그리고 머리를 내리겠소. 나머지는 마을 집회소의 대
형 그릇에 넣어 수프를 만들 것이니 그리들 아시오.”

“와아! 오늘 오랜만에 고기를 먹겠구나.”

“고맙다, 카론. 그리고 젊은 사냥꾼들아.”

봄에서 여름으로 넘어가는 계절. 고단한 농사일에 지쳐 가
던 마을 사람들이 환호성을 질렀다.

“그런데 북쪽 숲으로 사냥을 떠난 사냥꾼들은 안 돌아왔는
가?”

“네, 아직 안 돌아왔습니다.”

"허어, 설마 금지된 숲까지 간 것은 아닌가 모르겠군."

"헉! 그, 그럴 리가요. 아무리 애들이지만 그곳까지는 가지 않았을 것입니다."

'루카, 설마 금지된 숲에 간 것이냐!'

촌장님의 말에 순간 정신이 번쩍 들었다.

세슬 마을이 정한 사냥터는 마을에서 반경 5키온까지다. 그 이상은 마을 전문 사냥꾼들도 정탐을 하지 못했기에 사냥이 금지된 곳이었다.

만약 몬스터를 만나도 무사히 살아 돌아올 수 있는 희망이 있는 거리가 딱 그 정도였다.

"아닐 게야. 아무리 걔들이 어리다 하지만 목숨 소중한 것은 알 것 아닌가."

"맞습니다. 만약 그랬다가는 살아 돌아와도 제 손에 다리가 부러질 것입니다!'

촌장님의 말에 어느새 나타난 외팔이 경비대장 크락크 아저씨가 큰소리를 쳤다.

북쪽 사냥대를 이끌고 있는 루카가 크락크 아저씨의 아들이었다.

"카론, 오늘 수고했다. 내가 널 가르친 보람이 있구나. 껄껄."

왼쪽 팔이 없음에도 언제나 당당한 크락크 아저씨가 가슴

시원한 웃음을 터뜨렸다.

"다 아저씨 덕분이에요."

"암, 그렇고말고. 내가 자랑은 아니지만 이 왼팔만 무사했다면 지금쯤 대륙에서 잘나가는 스피릿 나이트가 되어 있을 것이다."

언제나 겸손이라는 것을 모르는 크락크 아저씨의 커다란 목소리. 그런 아저씨의 목소리에 마을 사람들은 모두 고개를 끄덕였다.

이곳에서 유일하게 스피릿 호흡법을 알고 있고, 검에다 파란 빛을 뿜어내는 스피릿을 사용할 수 있는 크락크 아저씨는 세슬 마을의 수호자였다.

그리고 이곳의 모든 아이들은 크락크 아저씨의 제자였다.

"이쪽 뒷다리가 실하구나. 어서 가서 어머니께 전하거라."

쉭.

촌장님의 허락을 받았기에 망설임없이 큼직한 바스타드 소드를 빼어 드는 크락크 아저씨.

휙. 투둑.

가볍게 휘두른 검에 멧돼지의 두툼한 살과 단단한 뼈가 단숨에 잘라졌다.

"휘이! 역시 크락크의 칼질은 인정해야 해."

"고기 결이 하나도 상하지 않았어."

“큼큼! 내 실력, 이제들 알았나? 크하하하!”

뒷다리 하나를 자르고도 대소를 터뜨리는 크락크 아저씨였다.

“토끼 한 마리도 가져가거라. 용사는 잘 먹어야 하느니라.”

뒷다리를 손으로 잡자 토끼 한 마리를 더 건네주는 촌장님이었다.

“감사합니다. 그리고 잘 먹겠습니다.”

고기를 손에 들었지만 나를 바라보는 마을 사람들에게 미안한 마음이 들었다.

“하하, 괜찮아. 이런 날이라도 자주 있었으면 좋겠으니 실력 좀 발휘해 보라고.”

“카론, 수고했다. 어서 어머니께 가보거라.”

미안함이 깃든 인사에 마을 사람들 모두가 고개를 끄덕이며 힘을 북돋워 주었다.

“형들, 수고했어.”

“수고는 뭐, 카론 네 덕분에 오늘 집에 가서 고기를 실컷 먹을 수 있는걸.”

“크크. 카론, 앞으로도 우리는 영원한 동지야.”

같이 사냥을 한 형들에게 고마움을 전한 뒤 서둘러 발걸음을 옮겼다.

어머니가 기다리고 있는 나의 집이 이 순간 너무나 그리웠다.

"타로칸 스승님!"
덜컹!
"카론 이 녀석아, 연구할 때는 문을 살살 열라고 했잖아. 그리 안 해도 곧 부서질 문인데 살살 좀 다루거라."
"헤헤, 미안해요."
'오늘도 실험 중이시군.'
세슬 마을의 유일한 마법사. 이제 오십도 안 되었건만 촌장님과 비슷한 외모를 소유한 타로칸 마법사님.
책상 위에 놓인 귀한 종이들 위로 무언가를 열심히 끄적이고 있었다.
"음, 아무리 해도 마나 간섭을 해결할 수 없단 말이야. 왜 안 되는 거야. 분명 이 공식이면 될 것 같은데……. 크아! 마법을 펼칠 수 있어야 이것도 확인을 하지!"
나에게 언제 말을 걸었냐는 듯 다시 마법 공식들을 바라보며 머리를 쥐어짜는 타로칸.
'불쌍하신 분. 마법사라는 분이 마나가 없다니.'
마을 사람 그 누구도 마법사라 생각하지 않는 마을의 공식 마법사 타로칸 아저씨.

　마을 사람들 중에 연로하신 촌장님과 함께 유일하게 노동을 하지 않고 마을의 식량을 거덜 내는 마법사 타로칸 아저씨였다.

　하지만 그 누구도 아저씨를 무시하지 못했다.

　비록 마나가 없기에 마법 하나 제대로 펼치지 못하지만, 마을 곳곳에 타로칸 아저씨의 손길이 안 간 곳이 없었다.

　통나무와 진흙, 그리고 돌로 지어진 마을의 단단한 목책과 몬스터의 습격에 대비하여 감춰진 마을의 비밀 병기, 그리고 농사에 필요한 날씨와 지식 등 모두 타로칸 아저씨의 머리에서 나왔다.

　"아저씨, 오늘 저녁 기대하고 계세요. 제가 가서 맛있는 고기 수프와 토끼구이 요리를 해올 테니 말이에요."

　"응? 고, 고기 수프와 토끼구이?"

　말이 끝나기가 무섭게 작은 눈을 활짝 뜨며 내 손에 들린 고기를 바라보는 타로칸 아저씨.

　"와! 카론, 네가 오늘 멧돼지를 잡은 것이더냐?"

　아저씨는 두툼한 살점을 자랑하는 멧돼지 뒷다리를 보면서 감탄을 터뜨렸다.

　"제가 누구예요. 세슬 마을의 떠오르는 사냥꾼 카론이 아니겠어요. 이제부터 기대하세요. 며칠에 한 번씩 고기를 먹게 해드릴게요."

"하하하! 역시 내 제자답구나. 그래야지. 스승을 봉양하는 것은 제자의 참된 자세. 네가 널 헛가르치지 않았구나."

방금 전까지만 해도 연구에 몰입하느라 없는 사람 취급하더니 어느새 제자라 칭하는 마법사 타로칸.

훤히 보이는 속이었지만 밉지 않았다.

'그런데 정말 어머니 몰래 마법을 배워도 괜찮을까?

세슬 마을의 어린아이들은 어느 정도 나이가 되면 모두 크락크 아저씨에게 스피릿 호흡법과 무기 다루는 방법을 배웠다.

그리고 타로칸 아저씨에게는 글을 배웠다.

아무리 자유마을에 사는 아이들이지만 자기의 이름 정도는 읽고 써야 한다는 촌장님의 지론에 따라 글자를 배웠다.

그런 와중에 타로칸 아저씨는 다른 아이들보다 일찍 글을 배운 나에게 마법을 배우라고 은근히 권하였다.

자신이 이루지 못한 꿈을 나를 통해서 성취시키려는지 글과 함께 어렵다는 룬 어와 여러 마법 공식들을 가르쳤다.

그리고 열 살이 되던 무렵에 나에게 마나 호흡법을 가르쳤다. 스피릿 호흡법과 충돌하지 않는 자신의 학파 비전 호흡법이라 말하며 가르쳐 주었던 마나 호흡법.

하지만 아직까지는 이렇다 할 반응이 없었다.

"그런데 카론, 아직도 마나가 심장 부근에 모이지 않느냐?"

　"네. 스피릿의 기운은 아랫배 부근에 존재하는데 마나는 모르겠어요."

　"거참, 이상하다. 스피릿의 기운이나 마나의 기운이나 본래는 하나인데 왜 스피릿 기운만 모이는 거지?"

　'불안해. 이러다가 나도 타로칸 아저씨처럼 되는 거 아냐?'

　속으로는 불안했지만 겉으로 내색하지는 않았다. 그리고 그 누구에게도 발설하지 않았다.

　사나이 대 사나이로 타로칸 아저씨와 약속을 했다.

　"카론, 만약 마나가 모이거든 바로 이야기해야 한다. 그리고 내가 가르쳐 준 마법 공식들 잊지 말고!"

　"네, 잘 알겠습니다, 스승님!"

　씩씩하게 대답하였다.

　나에게 애정과 관심을 보이는 아저씨를 실망시키고 싶지 않았다.

　"그럼 이따가 올게요."

　"호호. 그래, 올 때 고기 둥둥 띄운 수프 잊지 말고!"

　"걱정 마세요! 오늘 밤 행복한 잠자리에 들게 만들어 드릴 테니까요."

　"카론이라면 분명 가능할 것 같은데……."

카론이 힘차게 밖으로 나가자 마법사 타로칸은 그 뒷모습을 바라보며 쓴 입맛을 다셨다.

잃어버린 꿈, 잃어버린 마법사의 명예, 그리고 세상에 남은 샤피르 마법학파의 마지막 제자.

한때, 30대의 젊은 나이에 5서클의 경지를 이루어 곧 대마법사란 칭호를 받을 위대한 마법사로 불리던 마법계의 이단아 타로칸.

어느 날 찾아온 마나 소멸 현상에 살 곳을 찾아 이곳까지 들어왔다.

샤피르 학파의 가공할 미래성을 두려워한 다른 마법학파의 집요한 공격과 마법사용 마병갑을 노리는 암살자들의 손길까지……. 만약 타로칸이 지혜가 부족한 마법사였다면 이곳까지 오지 못하고 죽었을 것이다.

그러나 아직 타로칸의 꿈은 요원하기 그지없었다.

"이미 카론에게 샤피르 학파의 마나 호흡법을 모두 전수했다. 부디 나와 우리 학파의 꿈을 이루어다오. 세상의 모든 기운은 본래 하나! 마나나 스피릿이나 정령력 모두가 합일될 수 있음을 네 힘으로 보여다오, 카론."

모든 마나가 소멸되고 마나홀마저 사라져 버린 마법사 타로칸.

이글거리는 눈으로 이미 사라져 버린 카론의 환영에 강한 의지를 실어 보냈다.

　언젠가 세상에 샤피르 학파가 위대한 마법학파였다는 것을 증명해 주기를 진심으로 바라면서…….

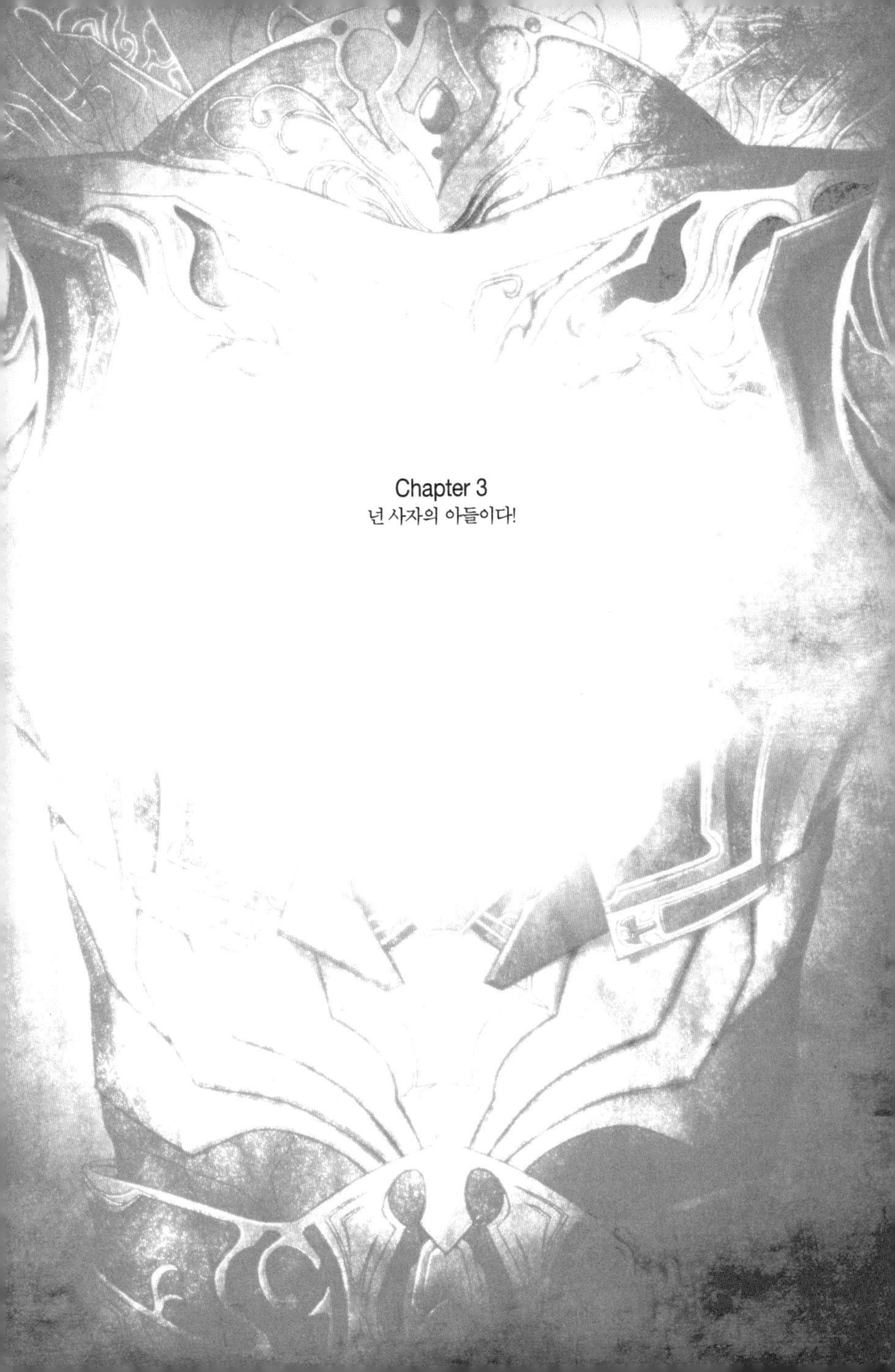
Chapter 3
넌 사자의 아들이다!

문을 열고 나와 바로 집으로 향했다.

마을에서 가장 양지바르고 한적한 곳에 위치한 나의 집.

타로칸 아저씨 집 뒤에 위치해 있었다.

"엄마! 카론이 왔어요!"

손에 묵직하게 느껴지는 돼지 뒷다리와 토끼를 들고 힘차게 엄마를 불렀다.

난생처음 잡은 멧돼지. 엄마에게 자랑하고 싶었다.

"콜록콜록……! 카, 카론 왔구나. 어, 어서 들어오너라."

문 앞에서 들리는 엄마의 심한 기침 소리. 세상에 모르는 것이 없는 타로칸 아저씨도 어쩔 수 없는 병이라 하였다.

이곳까지 오면서 무리하게 모든 기운을 사용하고, 거기에 다가 엄청난 검상까지 당한 상태라 지금까지 살아 있는 것이 기적이라고.

만약 몸에 간직한 강력한 스피릿이 없었다면 진작 죽었을 것이라고.

'엄마는 크락크 아저씨도 두려워하는 스피릿을 보유하고 계신다. 그런 엄마의 정체는 뭘까?

엄마가 전수해 준 스피릿 호흡법을 습득하며 들었던 의문. 그러나 엄마는 내 질문에 아무 말도 하지 않았다.

다만 언젠가는 알게 될 것이라 말끝을 흐릴 뿐이었다.

끼이익.

문을 열고 안으로 들어섰다.

"엄마, 이것 보세요. 제가 오늘 잡은 멧돼지예요!"

그리고 침대에 기대어 숨을 몰아쉬고 있는 엄마를 향해 고깃덩어리를 흔들어 보였다.

"헤헤, 조금만 기다리세요. 제가 맛있는 고기 수프를 해드 릴게요. 남은 고기를 훈제하면 한 달 동안은 매일 고기 수프 를 먹을 수 있을 거예요."

아픈 엄마 때문에 매일 요리는 내가 하였다. 그렇기에 불씨 만 남아 있는 화덕에 장작을 넣고 고기를 식탁 위에 올렸다.

잘게 썰어서 수프를 진하게 우려내야 했기에 마음이 바빴
다.

"카론……."

귓가에 들리는 엄마의 차갑게 떨리는 목소리.

"네, 엄마."

조심스럽게 침대에 앉아 있는 엄마를 바라보았다.

'헉!'

그 순간 나를 향해 싸늘한 눈빛을 보내는 엄마의 눈동자.

"고기를 촌장님께 다시 가져다 드려라!"

기침을 하던 목소리는 어디로 가고 차갑게 또박또박 한 자
씩 뱉는 싸늘한 엄마의 목소리.

"왜, 왜요? 이건 촌장님이 주신 정당한 제 몫의 고기예요.
훔쳐 온 거나 이유없이 받은 고기가 아니에요."

왜 화를 내는지 몰랐기에 진실을 이야기했다.

"너와 나는 고기를 먹을 자격이 없다."

"그, 그게 무슨 말이에요?"

확언하듯이 뱉는 엄마의 말에 가슴이 떨렸다.

"카론, 넌 사자의 아들이다. 이깟 고기를 탐내는 배고픈 늑
대 새끼가 아니란 말이다!"

병색 때문에 파리하지만 마을의 그 누구보다 아름다움을
간직한 엄마의 얼굴이 얼음처럼 변해 있었다.

언제나 고통 때문에 찡그리던 눈동자에는 알 수 없는 신념의 빛이 흘러나와 나를 파랗게 직시하였다.

스윽.

순간 자리에서 아무렇지도 않게 일어서는 엄마.

"아직 내 말을 못 알아듣겠느냐! 이깟 고기에 네 고귀한 영혼을 팔지 말란 말이다!"

쉬익!

퍼버버벅!

언제나 침대 옆에 놓여 있던 장검으로 고깃덩어리를 후려쳐 버리는 엄마.

오늘 목숨을 다해 구한 고깃덩어리가 거칠게 땅바닥에 떨어졌다.

주루룩.

그리고 그 순간 내 눈에서는 눈물이 뜨겁게 흘러내렸다.

내 배가 고파 구한 고기가 아니었다.

단지 아픈 엄마를 위하여 생명을 다해 구했을 뿐이다.

그러나 엄마는 그런 나를 경멸 어린 시선으로 바라보았다.

"네 아버지가 어찌 돌아가신 줄 아느냐! 카론, 네 아버지가 어찌 돌아가신 줄 아느냔 말이다!"

눈가에 파란 광망을 피우며 아버지의 죽음을 아느냐고 다그치는 엄마.

"몰라요! 전 기억도 못하는 아버지 따위는 몰라요! 우리를 이렇게 만든 아버지는 모른단 말이에요!"

나도 모르게 소리쳤다.

어릴 적부터 어머니는 아버지가 위대한 존재라 말했다. 그러나 나는 믿지 않았다.

그렇게 위대한 존재라면 엄마와 나를 이런 곳에 버려두지는 않았을 것이다.

적어도 사내라면, 아내와 자식을 이렇게 버려두면 안 되는 것이었다.

아무리 죽을 위험에 처해 있을지라도 말이다.

픽!

그 순간 소리도 없이 날아온 검집이 배에 틀어박혔다.

"못난 놈. 네 아버지가 너 하나를 위하여 어떤 죽음을 택했는지 모르는구나. 이 고깃덩어리에 취한 못난 놈!"

퍼버벅!

매일 아파서 침대에 누워 있던 엄마에게 이런 힘이 있는지 몰랐다. 웅크린 등과 다리로 쏟아지는 매서운 검집.

"크윽……!"

이를 악물었지만 난생처음 당해보는 고통에 입이 저절로 벌어졌다.

"너 같은 놈을 살리기 위하여 네 아버지는 영광스러운 죽음을 택하였다. 너 하나를 태어나게 하기 위하여 네 어머니는 죽어가면서도 행복하게 웃었다. 너 하나를 위하여 난 내 인생의 모든 것을 버렸다, 이 못난 놈아!"

쿠구궁!

'어머니… 인생……'

장대비처럼 쏟아지는 공격과 엄마의 말속에서 나는 듣지 말아야 할 단어들을 들어버렸다.

그리고 찾아온 갑작스러운 혼란.

몸에 느껴지는 고통 따위는 아무것도 아니었다.

"똑똑히 듣거라, 카론! 넌 내 자식이 아니다! 넌 위대한 가문의 아들이지, 주군을 버리고 도망친 나 따위의 자식이 아니란 말이다!"

귓속으로 파고드는 믿지 못할 엄마의 폭언.

"아니야! 그럴 리가 없어! 엄마는 내 엄마야!"

귀를 틀어막으며 소리쳤다.

지금도 기억하는 엄마의 따스한 품.

몸이 아픈 와중에도 언제나 나를 위해 음유시인의 노래를 불러주고 머리를 쓰다듬어 주며 따스히 안아주었던 엄마.

깊은 밤, 자다가도 잠꼬대를 하면 어느새 달려와 내 이마를 쓰다듬어 주던 엄마의 따스한 손길.

그런 엄마가 친엄마가 아니라는 말은 믿을 수 없었다.

세상이 두 쪽이 나도 눈앞의 엄마가 내 엄마였다.

땡! 땡! 땡!

평상시 신호를 알리는 북소리 대신에 울리는 급박한 종소리.

"몬, 몬스터가 쳐들어온다!"

"사냥을 나갔던 아이들이 몬스터에 쫓겨 온다!"

"모두 무기를 들어 전투 준비를 하라!"

종소리가 울림과 동시에 온 마을에 울려 퍼지는 다급한 목소리들.

저벅저벅.

갑자기 엄마가 걸음을 옮겨 밖으로 나갔다.

"엄, 엄마, 안 돼요. 그 몸으로는 무리예요."

고통에 웅크리고 있던 몸을 움직여 엄마를 불렀다.

하지만 내 말을 듣지 못한 듯 엄마는 어느새 밖으로 나가고 있었다.

"엄마……."

두 눈에서 뜨거운 눈물이 흘러내렸다.

그 누가 뭐라 해도 엄마는 엄마일 뿐. 지난 세월 동안 엄마였던 분이 지금 갑자기 엄마가 아니라는 말은 거짓임이 분명했다.

'그래, 내가 사냥 따위에 목숨을 걸어 화가 나서 그러신 걸

거야. 맞아, 엄마가 화가 나신 거야.'

애써 엄마의 말을 무시하며 비틀거리며 일어났다.

세슬 마을에 비상종이 울렸다는 것은 무기를 들 수 있는 모든 사람이 모이라는 신호였다.

'엄마가 위험해. 그런 몸으로는 안 돼.'

엄마에 대한 걱정으로 아무것도 보이지 않았다.

타다다닥!

급히 방문을 열고 밖으로 달려갔다.

어느새 붉은 노을이 깔려가는 분노의 숲의 저녁.

멀리 하늘을 날아가는 철새들의 구슬픈 울음소리가 귓가에 들려왔다.

땡! 땡! 땡!

급박하게 울리는 종소리에 맞춰 마을 사람들이 급히 모였다. 대부분 궁수이자 전사인 남자들뿐만 아니라, 여인들 또한 작은 활을 들고 나섰다.

몬스터 퇴치에 최고인 활.

여인들이 사용할 수 있도록 장력을 조절한 단궁이었다.

"이, 이런, 오크다!"

"오! 수백 마리도 넘겠다!"

"저기 아이들이 도망쳐 온다!"

튼튼한 나무 성벽 위에서 사람들은 한꺼번에 신음을 터뜨리며 소리쳤다.

북쪽 숲으로 사냥을 갔던 아이들이 허겁지겁 마을로 달려오고 있었고, 그 뒤로 하체만 가죽으로 가린 오크들이 무시무시한 속도로 따라붙고 있었다.

"모두 장궁을 장전하시오! 그리고 내 명령이 떨어지면 바로 사격을 하시오!"

수비대장 크락크가 힘껏 소리쳤다.

차자작!

크락크의 명이 떨어지자 마을의 궁수 백여 명이 일제히 장궁에 화살을 메겼다.

다행스럽게 마을 뒤편에는 질 좋은 철광산, 그리고 활과 화살을 만들 수 있는 자이란 나무와 투가 나무가 자라고 있었다.

거기에 더하여 마법사 타로칸의 지혜가 더해져 만들어진 장궁은 사거리가 200미온이나 되었다.

"잭! 어서 뛰어라! 네 뒤에 오크가 따라붙고 있다!"

"오! 생명의 신 우레안님, 제발 저 불쌍한 아이들을 구하여 주옵소서!"

"으아아! 살려주세요!"

"아빠! 엄마! 으아아아아아앙!"

타다다닥! 두두두! 두두두!

사냥에 나갔던 아이들 모두 목숨과도 같은 창을 버린 채 맨몸으로 죽어라 마을을 향해 달려왔다.

그리고 그 뒤를 오크 전사 수백 마리가 조잡한 창과 무기를 들고 쫓아왔다.

불과 그 거리는 50미온.

거리는 점점 더 좁혀져 갔다.

"발사!"

그때, 크락크의 목소리가 힘차게 울렸다.

두두두둥!

쉬쉬쉬쉬쉬쉬쉬쉭!

명령이 떨어지기가 무섭게 백여 발의 화살이 하늘을 힘차게 갈랐다.

쿠아아아아! 쿠아아!

화살이 하늘을 날자 달려오던 오크들이 흉성을 지르며 나무로 만들어진 방패로 몸을 가렸다.

퍼버버버버벅!

하지만 나무로 만들어진 방패는 강촉으로 만들어진 장궁의 위력을 감당할 수 없었다.

쿠아아아! 쿠아! 쿠아! 쿠아!

알 수 없는 오크의 언어.

선두에서 달리던 오크 수십 마리가 화살에 맞아 푸른 피를 흘렸다. 하지만 죽음을 결코 두려워하지 않는 오크들의 습성 대로 화살이 몸에 꽂힌 상태 그대로 달려드는 오크들이었다.

"재, 재장전하시오!"

오크들의 맹렬한 투기에 역전의 용사 크락크의 목소리가 떨렸다.

"방책 문을 열어라! 아이들이 들어온다!"

그나마 다행으로 화살 공격에 오크들이 잠시 멈칫한 사이 사냥에 나갔던 아이들이 모두 방책 앞에 도착할 수 있었다.

드르륵드르륵.

두터운 방책 문이 도르래의 힘으로 열렸고, 곧 아이들이 우르르 안으로 들어왔다.

"헉헉헉!"

"크으!"

숨이 차는지 안으로 들어서자마자 숨을 거칠게 헐떡거리는 아이들. 그들의 눈은 공포로 물들어 있었다.

"이리안! 우리 아들 이리안은 어디에 있어! 이리안!!"

그때, 한 여인이 아이들 틈에서 자신의 아이 이름을 애타게 불렀다. 그 순간 숨을 헐떡이던 아이들은 얼굴을 돌리며 눈물을 흘렸다.

"루카, 우리 아들 이리안은 어디에 있느냐?! 루카, 어서 말해보거라! 우리 아들 이리안은 어디에 있어?!"

북쪽 숲으로 사냥을 떠났던 아이들의 대장인 루카를 향해 소리치는 여인.

"죽, 죽었어요……. 오크를 발견하고 도망치다가 그만… 크윽!"

죽었다는 말을 꺼내며 고개를 무릎 사이에 파묻고 눈물을 흘리며 신음하는 루카.

털썩.

그 순간 이리안의 어머니는 그 자리에 주저앉아 버렸다.

"발사! 그리고 여인들도 대기하시오! 놈들이 방책 가까이 다가왔소!"

한 아이의 죽음이 알려진 상황에서도 전투는 쉬지 않고 계속되었다. 다른 때보다 훨씬 많은 오크가 쳐들어온 상황.

모두가 죽을 수 있는 판국에 하나의 죽음은 무의미하였다.

'세상에…….'

급히 어머니를 따라 방책으로 올라온 순간 보이는 광경.

대단하였다.

세슬 마을에서 태어나 처음으로 보는 오크 대군의 모습. 아직도 숲 속에서 꾸역꾸역 기어나오는 오크의 수는 무려 오백 마리가 넘는 것 같았다.

‘엄마!’

오크의 숫자에 잠시 멈칫거렸지만 다리를 움직여 엄마를 찾았다.

마을 사람 수백 명이 전부 다 방책 위로 올라온 상황이라 무척 혼잡하였다.

‘헉, 엄마!’

그때 보았다.

자일 아저씨가 만들어준 롱 소드를 들고 오연히 가장 위험한 방책 위에 당당히 서 있는 엄마의 모습.

평소의 엄마가 아니었다.

언제나 기침을 콜록거리며 침대 위에서 멍하니 앉아 있거나 누워 있던 엄마의 모습은 어디로 가고 크락크 아저씨보다 더 당당한 모습의 여전사로 변해 있었다.

타는 듯한 저녁노을 아래 한 자루 검을 움켜쥐고 맹렬히 달려오는 오크들을 무심한 눈으로 바라보는 엄마의 모습.

낯선 충격이 가슴속으로 휘몰아쳐 왔다.

두두둥!

쉬쉬쉬쉬쉬쉬쉬쉬쉬식!

크락크 아저씨의 지시도 받을 수 없을 정도로 급박해진 상황. 마을 아저씨들은 미친 듯이 오크를 향해 화살을 발사했다.

"여인들은 곡사로 무조건 발사하시오!"

대기하고 있던 여인들을 향해서도 화살 발사 명령이 떨어졌다.

워낙 많은 숫자의 오크들이었기에 겨냥할 것도 없었다.

피비비비빅!

여인들이 사용하는 단궁에서 화살이 곡사를 이루며 발사되었다. 단단한 가죽을 소유한 오크들에게 그리 큰 위협은 되지 않겠지만 가만히 있는 것보다는 나았다.

"모두 창을 준비하라! 여인들은 무조건 화살을 발사하시오!"

목이 쉬어라 명령을 내리는 크락크 아저씨. 어느새 하나뿐인 오른팔에 커다란 바스타드 소드가 들려 있었다.

쿠에에! 쿠르르륵! 쿠에! 쿠에!

짧은 교전으로 백여 마리가 넘는 오크들이 화살에 맞아 널브러져 있건만, 동료들의 죽음 따위는 개의치 않고 어느새 방책 가까이에 다다랐다.

그리고 지르는 흉측한 목소리.

쿵! 쿵! 쿵!

그중 몇 놈은 두툼한 도끼로 방책 문을 부서뜨리기 시작했다.

위험한 순간이었다. 내가 기억하는 몬스터들과의 전쟁 중에 이렇게 위험한 때는 없었다.

쉬이익.

언제나 등에 메고 있던 활을 빼어 들고 성문을 부수려는 오크의 목에 발사했다.

퍼억!

쿠에엑……!

목을 꿰뚫은 화살을 붙잡고 비명을 지르며 쓰러지는 오크. 하지만 그 자리는 금세 다른 오크들로 메워졌다.

쿠에에에에에에!

쿠오오오!

쉬쉬쉬쉬쉭!

방책 가까이 다다른 오크들이 거친 함성을 토하며 들고 있던 창을 던졌다.

퍼버버버버벅!

"크아아아악!"

"으아악!"

익숙한 이들의 처절한 비명.

오크와 다른 붉은 피가 저녁노을에 무지개처럼 흩뿌려졌다.

"놈들이 올라온다! 모조리 죽여라!"

"으아아! 놈, 놈들이 사다리를 가져왔다!"

마음먹고 마을을 노린 오크들이었다.

어느새 붉은 노을도 사라지고 짙은 어둠이 내려서는 분노의 숲. 오크들의 살기 어린 광망이 사방을 둘러쌌다.

그리고 마을 사람들은 두려움에 손발이 얼어갔다.

"크락크 대장! 뭐 하시오! 어서 이것들을 사용해야지!"

그 와중에 울리는 마법사 타로칸 스승님의 다급한 외침.

"알, 알겠습니다! 몇 명은 나를 따라오시오!"

급박한 와중에 이제야 생각이 난 듯 크락크 아저씨가 몇몇 사람들을 데리고 황급히 타로칸 스승님이 나누어 주는 가죽 주머니를 받았다.

"불을 붙여 놈들에게 던져!"

서둘러 방책 위에 설치된 화톳불로 가죽 주머니에 불을 붙였다. 그리고 있는 힘껏 달려드는 오크들을 향해 던졌다.

퍼버버벅!

화르르르르르르르!

그 순간 바닥으로 던진 주머니가 터지면서 사방으로 엄청난 불길이 치솟았다.

꾸에엑!

구에에에에에에!

옷도 걸치지 못한 오크들이 갑자기 치솟는 불길에 온몸을 태우며 발광하였다.

쿠오오오오오!

하지만 그 순간 몇몇 오크가 사다리를 놓고 방책 위에 올라섰다.

"막, 막아! 있는 힘껏 놈들을 막아!"

악을 쓰며 달려가는 마을 사람들. 그러나 오크는 마을 사람들의 마음과 같이 쉽게 쓰러질 몬스터가 아니었다.

다 자란 성인 오크는 능히 인간보다 두 배 정도의 괴력을 발휘하는 존재였다.

'엄마가 위험하다!'

오크들이 중점적으로 넘어서는 부근은 방책 문이 있는 곳. 그런데 엄마는 자신에게 다가오는 오크들을 무심히 바라보고 있었다.

"엄마, 피하세요!"

탁.

누군가의 피로 흥건히 젖어 있는 창을 들었다. 그리고 미친 듯이 엄마에게 달려갔다.

쉬이이이익.

그 순간 내 앞을 막아서는 오크. 누런 이빨에 침을 줄줄 흘리며 힘껏 글레이브를 찍어왔다.

"죽어!"

달리는 그대로 몸을 숙여 찔러오는 놈의 글레이브를 피하였고, 스피릿을 끌어올리며 그 힘 그대로 창을 놈의 튀어나온 배를 향해 힘껏 내질렀다.

푸우욱!

창끝에서 느껴지는 단단하고 물컹한 살점의 느낌.

쿠르르……!

자신의 배를 뚫고 나온 나의 창을 눈곱 낀 누런 눈으로 바라보는 오크.

퍼벅!

발로 힘껏 오크를 밀고 창을 비틀어 빼었다.

촤아아악!

그 순간 튀는 푸른 피. 순식간에 온몸이 오크의 피로 적셔졌다.

'엄마! 조금만 기다려요! 카론이 가요!'

치열하게 벌어지고 있는 전투.

오크들의 집중적인 공격에 방책 문 위에 있던 마을 사람들은 바닥으로 떨어져 내렸다.

눈 속으로 파고드는 오크의 푸른 피 속에서도 눈을 감지 않았다. 엄마가 위험한 순간!

단 한 번도 눈을 떼지 않고 그대로 달렸다.

파앗!

'헛! 저, 저것은!'

그렇게 엄마와의 거리가 10미온에 이르렀을 때, 갑자기 주변을 환하게 밝히는 푸른 빛.

"엄, 엄청난 스피릿이다!"

"오오!"

마을 사람들 몇몇이 비명을 터뜨렸다.

'엄, 엄마가 저리 강했단 말인가!'

보고도 믿을 수 없었다. 언제나 침대 위에 누워서 고통의 세월을 보내던 엄마.

그런 엄마의 검에서 눈부시게 푸른 스피릿의 기운이 하늘의 별처럼 뿜어져 나왔다.

"탓!"

짧게 울리는 엄마의 기합 소리.

서걱. 서거거걱.

엄마의 주변으로 몰아치던 오크 십여 마리가 순식간에 깨끗하게 도륙되었다.

들고 있던 무기와 함께 팔과 다리, 몸통이 분리되는 오크들.

좌아아아아아아악!

푸른 피가 어둠이 깃든 하늘 위로 비처럼 쏟아져 갔다.

"카론, 보아라! 앞으로 네가 가야 할 운명의 길이다!"

어느새 나를 바라보는 엄마의 이글거리는 눈동자.

팟!

나와 짧게 눈을 마주치기가 무섭게 방책 위에서 오크들이 수북이 모여 있는 아래로 몸을 날렸다.

"엄, 엄마! 안 돼요!"

입에서 비명이 터져 나왔다.

촤아아아아악!

그리고 파란 빛의 스피릿 덩어리가 춤을 추었다.

태어나 단 한 번도 본 적이 없는 엄마의 검.

망설임이 없었다.

막아설 수 있는 것도 없었다.

거칠 것 없는 검의 발걸음.

엄마의 검이 움직이는 곳은 어느새 푸른 피바다로 변했다.

순식간에 기세등등하던 오크 수십 마리가 엄마의 스피릿에 널브러졌다.

"우와와와아! 돌격하라! 오크 놈들을 몰아내라!"

"돌격!"

엄마의 스피릿에 용기를 얻은 크락크 아저씨와 마을 사람들이 있는 힘껏 소리치며 오크들을 몰아세웠다.

퍼버버버벅!

그 기세에 장벽 위로 올라왔던 오크 수십 마리가 벌집이 되어 쓰러졌다.

'엄마!'

내 눈은 엄마에게서 떨어지지 않았다.

마치 나에게 보여주려는 듯 종횡무진 오크들 사이를 휘젓고 다니는 엄마.

'저것이 진정한 스피릿 나이트의 위력이란 말인가!'

사람들은 모두 다 스피릿의 기운을 보유하고 있다. 하지만 그중에서 특별하게 스피릿 기운에 민감하고 그것을 모을 수 있는 축복받은 자들이 있었다.

그런 그들은 스피릿 호흡법을 통하여 평범한 인간들이 가진 수십, 수백 배의 스피릿을 축적한다.

그리고 그 스피릿은 곧 엄청난 힘으로 바뀌게 되는 것이었다.

지금 내 눈앞에 펼쳐진 광경이 바로 그것이었다. 미약한 내 스피릿과 달리 엄마의 스피릿은 겨울 하늘의 달빛처럼 차갑고 시렸다.

스피릿은 주인의 마음을 닮는다 하였다.

엄마의 가슴에 담겨져 있는 한이 얼마나 큰지 엄마의 검에서 펼쳐지는 스피릿은 냉기를 풀풀 날렸다.

쿠오오오! 쿠오오오!

눈 깜짝할 사이에 방책 앞에 모여 있던 오크 백여 마리가 도류되었다. 그러자 오크들 사이에서 힘찬 울부짖음이 들렸다.

쉬쉬쉬쉬쉬식!

그리고 기다렸다는 듯이 허공을 가르는 수백 개의 창과 무기. 오크들이 들고 있던 모든 무기를 엄마를 향해 던졌다.

"엄마!!"

일순간 어두운 하늘이 보이지 않을 정도로 뒤덮는 엄청난 그림자들.

파아아아아아밧!

그사이에 피어나는 푸른 무지개.

촤아아아아악!

아니, 갑자기 엄청난 속도로 푸른 무지개는 일직선으로 달려갔다.

'스피릿 나이트만이 펼칠 수 있다는 스피릿 스텝!'

마병갑을 착용할 수 있는 스피릿 나이트들만이 사용할 수 있는 수법. 말로만 듣던 스피릿 스텝이 현실이 되어서 나타났다.

"타앗!"

그리고 달리던 푸른 빛무리는 하늘의 별이 되려는지 하늘 높이 떠올랐다.

"엄, 엄청나다!"

"저… 저럴 수가!"

방책을 회복한 마을 사람들의 입이 벌어졌다.

콰과과과과광!

하늘에 떠올랐던 별이 유성우가 되어 오크들이 밀집한 곳으로 순식간에 떨어졌다.

그리고 들리는 강렬한 폭음.

"이럴 수가! SP지수 500이 넘을 엄청난 스피릿이야!"

엄마와 함께 마을 유일의 스피릿 나이트 정규 교육을 받은 크락크 아저씨가 놀라 소리쳤다.

'저것이 정말 인간이 만들어낼 수 있는 힘이란 말인가!'

스피릿 나이트에 대한 경외감이 가슴속 깊이 파고들었다.

눈 깜짝할 사이에 벌어진 오크와의 일전.

단 한 번의 수법으로 수십 마리의 오크 목숨이 사라져 버렸다.

쿠오! 쿠오! 쿠오!

오크들의 놀란 목소리.

두두두! 두두두두!

전투 종족 오크들이 사방으로 도망치기 시작했다.

오크들이 사라지는 모습을 멍하니 바라보는 아리스.

'듀크, 이제 당신 곁으로 가요…….'

사랑했지만 사랑한다는 말 한 번 해보지 못한 사랑하는 이의 모습.

희미해져 가는 시력 속에서 환하게 웃는 그의 모습이 보였다.

'저, 저는 최선을 다했어요. 당신의 아이, 아니, 나의 아이 카론에게 제 모든 것을 주었답니다.'

꺼져 가는 생명의 기운.

연약한 목숨을 지탱해 주고 있던 스피릿조차 모조리 끌어 쓴 상태에서 더 이상 생명은 숨을 쉴 수 없었다.

어차피 몇 달을 더 살지 못하는 상태.

카론의 엄마가 될 수밖에 없었던 듀크 공작의 헬퍼 나이트 아리스는 마지막까지 자신이 할 수 있는 모든 것을 가르쳤다.

울컥.

가슴에 맺혀 있던 뜨거운 핏덩어리가 입을 타고 흘러내렸다.

그리고 서 있는 상태 그대로 아리스의 몸은 천천히 식어갔다.

"엄마!!"

귓가에 들리는 사랑하는 아들의 힘찬 부름을 들으며…….

"엄마!!"

오크들이 도망가건만 엄마는 움직이지 않았다.

휘익.

급한 마음에 방책 위에서 그대로 몸을 날렸다.

타다다다닥!

있는 힘을 다해 엄마를 향해 달렸다. 가슴속에 치밀어 오르는 불길한 그 무엇.

불타고 찢긴 오크들 사이를 가로질러 달려갔다.

"엄, 엄마……."

달아나는 오크들을 향해 오연히 서 있는 엄마의 뒷모습. 세슬 마을의 그 어떤 아저씨보다 듬직한 모습이었다.

조용히 다가가 엄마를 불렀다.

"……."

하지만 아무 대답도 들려오지 않았다.

"엄마? 엄마!!"

엄마의 손을 잡았다.

"허억!"

손끝에 느껴지는 차가운 감촉. 방금 전까지 오크들에게 죽음의 낫을 휘두르던 엄마의 손이라 믿을 수 없을 정도로 차가운 손이었다.

스르륵.

손을 움직이자 그대로 바닥으로 무너지는 엄마의 육신.

"으악!"

비명이 터져 나왔다.

"헉!"

황급히 붙잡은 내 손 위로 쏟아지는 미지근한 핏물.

엄마는 입에서 피를 폭포수처럼 흘리며 눈을 감고 있었다.

언제나 아파서 찡그리던 얼굴이 아니라 편안하기 그지없는 행복한 미소를 짓고 계셨다.

지금껏 단 한 번도 본 적 없는 환하고 환한 미소가.

"어어어어어어어어어엄마!!"

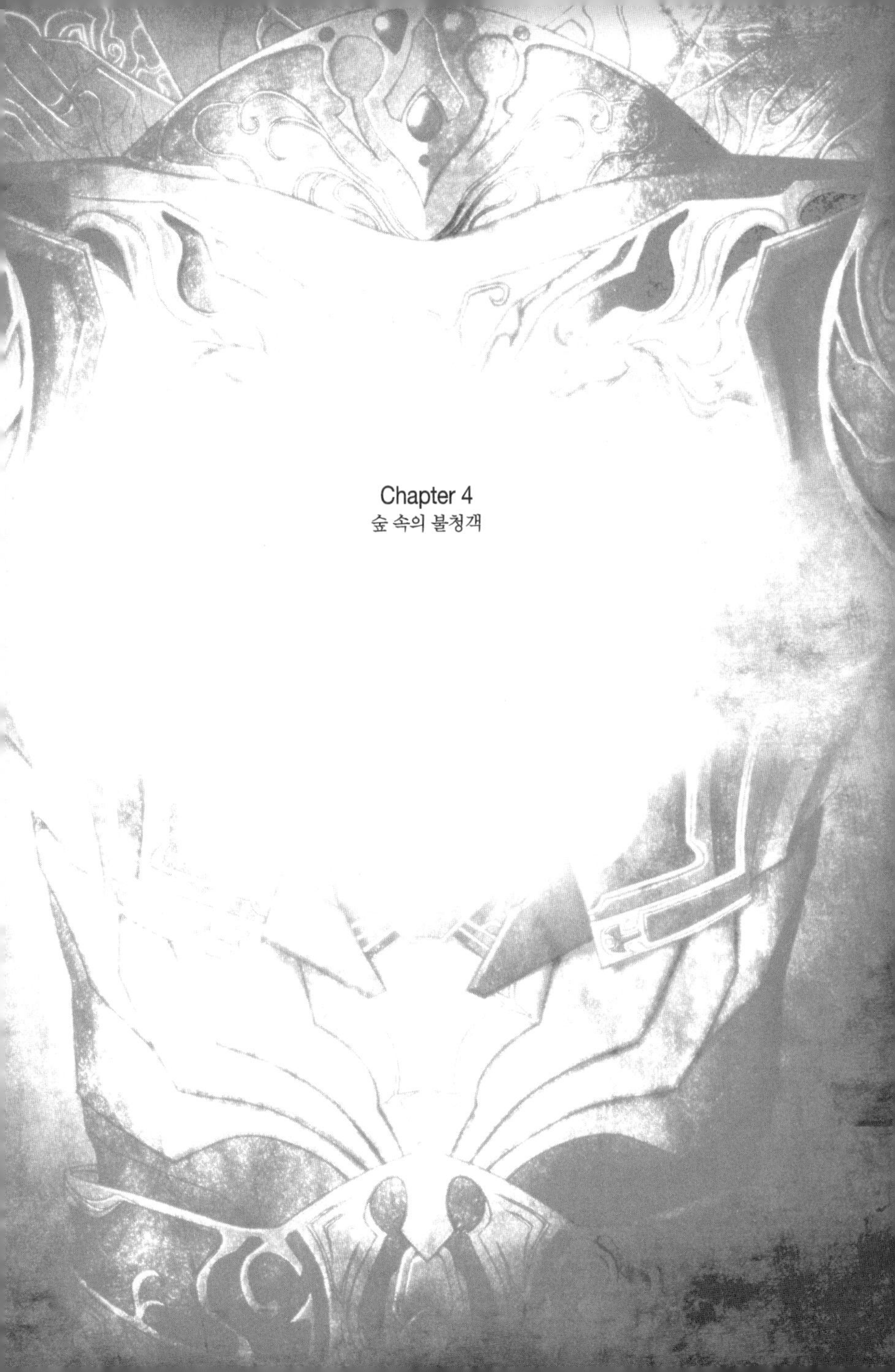
Chapter 4
숲 속의 불청객

KA
RON

‘스피릿을 집중적으로 모으기 위해서는 끊임없이 한계를 깨뜨려야 한다. 스피릿을 담을 수 있는 스피릿 홀을 확장하고 마음껏 발산할 수 있는 스피릿 루트를 넓고 단단하게 만들어야 한다.’

스스스스스스스스.

길게 호흡을 들이마시며 모든 곳에 퍼져 있는 스피릿의 기운을 흡입하였다.

그렇게 몸 안으로 스며들어 온 스피릿을 아랫배 부근의 스피릿 홀로 내려 보냈다. 그리고 본래 있던 스피릿과 합쳐 스피릿 루트를 통해 스피릿 최적화 과정을 거쳤다.

부르르르.

'이것이 스피릿의 힘이다!'

온몸을 돌고 도는 강력한 스피릿의 힘.

내 몸속에 모으지 않으면 그냥 그 자체로 존재하는 작은 알맹이 같은 스피릿.

하지만 스피릿 호흡법을 통하여 축적한 스피릿은 작은 알맹이가 아니라 바위를 부술 수 있는 단단한 쇳덩이가 되었다.

"휴우!"

한참의 시간 동안 스피릿 호흡을 마치고 숨을 뱉었다.

번쩍.

눈이 떠졌다. 그리고 보이는 사방의 사물들. 스피릿 호흡을 하기 전보다 더 선명하게 보였다.

'어머니가 전수하신 스피릿 호흡법은 최상급이 분명할 것이다. 크락크 아저씨가 아이들에게 전수하는 호흡법하고는 확연히 다르다.'

다섯 살 무렵, 어머니가 가르쳐 주신 호흡법.

어머니를 기쁘게 하기 위해서 하루도 쉬지 않고 스피릿 호흡법을 했던 기억이 새록새록 떠올랐다.

"어머니……."

조용히 불러보는 어머니라는 말.

어머니가 죽음의 강 유파스를 건넌 지 벌써 2년. 하지만 방 안에는 어머니의 향취가 아직 그대로 배어 있었다.

"아직 힘이 부족하다. 어머니와의 약속을 이행하기에는 스피릿이 너무 부족해."

오크와의 일전 속에서 장렬히 최후를 맞이하신 어머니. 스피릿 나이트의 운명을 보여주기 위해 스스로 스피릿 홀을 파괴하면서까지 나에게 내가 가야 할 운명을 가르쳐 주셨다.

그리고 어머니의 장례를 치르고 유품을 정리하던 중 발견한 어머니의 유언.

나를 만나 짧은 생이나마 행복했고 고마웠다 하셨다.

내가 커가는 모습 속에서 희망을 보았다 하셨다.

내가 마을 뒷산에 있는 거대한 돌덩어리를 스피릿으로 들 수 있을 때, 내 숨겨진 과거를 알 수 있다는 마지막 유언…….

하지만 아직 내 힘은 부족하였다.

아무리 노력해도 스피릿이라는 것은 그리 쉽게 모이는 것이 아니었다.

"타로칸 스승님의 마나 호흡법과 합일시켜야 한다. 스피릿 호흡법과 비슷하지만 물과 기름처럼 섞이지 않는 그 호흡법을 대성하면 짧은 시간 안에 나의 과거를 알 수 있을 것이다."

스피릿 나이트와 비슷하게 마법사에겐 마나 호흡법이 있었고 정령사에게도 정령사의 호흡법이 있었다.

하지만 본래부터 목표가 다르기에 확연한 차이를 보이는 각각의 호흡법들.

그러나 타로칸 스승님이 가르쳐 주신 호흡법은 스피릿 나이트의 호흡법과 비슷한 점이 많았다.

"어머니가 가르쳐 주신 스피릿 호흡법에서는 스피릿 홀을 확대하기 위해서 매일 극한까지 스피릿의 기운을 뽑아내라 하였다. 그리고 타로칸 스승님의 마나 호흡법에서도 마나 홀을 확장시키기 위해서는 마나를 서클 붕괴 수준까지 끌어올리라 하였다. 하지만 그렇게 되면 서클이 붕괴될지도 모르는 상황. 어쩌면 스승님처럼 될 수도 있다."

하루빨리 나의 과거를 알고 싶기에 욕심을 내고 싶지만 그 욕심에 대한 대가는 너무나 컸다.

자칫 잘못하면 스피릿과 마나 둘 다 사라지는 끔찍한 사태에 직면할 수도 있는 것이었다.

"카론, 뭐 해! 어서 나와, 이 슬라임 같은 친구야!"

그때 방 안이 울리도록 쩌렁쩌렁한 큰 음성.

크락크 아저씨를 쏙 빼닮은 루카의 고함 소리였다.

스윽.

자리에서 일어났다.

그리고 활을 챙기고 허리에는 어머니가 남겨주신 검을 찼다.

오크가 쳐들어온 날 보았던 어머니의 모습을 단 하나도 잊지 않았다.

하늘을 베어버리고 땅을 갈라 버릴 것 같던 어머니의 검술.

그 후로 나는 검을 들었다.

"어머니, 다녀오겠습니다."

언제나처럼 어머니가 쓰던 침상을 향해 꾸벅 인사를 하였다. 비록 육신은 사라졌지만 어머니는 내 마음속에서 환하게 웃고 계셨다.

덜컹.

문을 열었다.

"카론, 이 슬라임 같은 친구야! 사냥을 하기에는 오늘같이 좋은 날이 어디 있어! 너만 빼고 다들 모였어!"

'루카.'

올해 십칠 세 소년이 된 루카. 2년 전 오크 침공 때 크게 깨달아 아버지의 검술을 열심히 전수받고 있었다.

거기에다가 타고나기를 튼튼하게 태어나 지금의 몸은 마을의 그 어떤 누구보다 장대했다.

벌써 콧수염도 제법 자라 있었다.

"친구야, 가자. 흐흐흐, 오늘은 서쪽 숲을 싹쓸이하자!"

굵은 통나무 같은 한 팔로 내 어깨를 감싸 안으며 앞으로 걸어가는 루카. 그에게서 기분 좋은 땀 냄새가 났다.

'사슴이군.'

다른 아이들보다 발달한 스피릿 덕분에 언제나 선두는 나와 루카가 맡았다.

그리고 오늘 마을을 먹여 살릴 사슴이 눈앞에 나타났다.

스윽.

팽팽하게 당겨진 화살.

이왕 겪을 죽음, 내가 해줄 수 있는 가장 큰 자비는 고통 없는 죽음뿐이었다.

"뭔 놈의 숲이 이리 험해!"

"쌍, 마음 같아서는 마법사를 불러 확 불질러 버리고 싶네!"

타다다닥!

화살을 막 놓으려는 순간 갑자기 들려오는 낯선 이들의 목소리. 사슴이 놀라 순식간에 자취를 감춰 버렸다.

"카, 카론! 바깥 사람들인가 봐!"

내 옆에서 숨을 죽이고 있던 루카가 떨리는 목소리로 나를 불렀다.

"이게 무슨 소리야?"

“사람들이 나타났다.”

숲에서 대기하고 있던 마을 소년들이 모여들었다.

'분노의 숲에 나타날 자가 누구란 말인가?

타로칸 스승님에게 배우기를, 분노의 숲은 신에게 저주받은 곳이라 인간들이 점령할 수 없는 곳이라 하였다.

그렇기에 서대륙의 중심에 위치해 있으면서도 엄청난 넓이가 줄어들지 않았다는 것이다.

들어서는 순간 몬스터들을 비롯하여 마물까지 나타나는 곳을 인간들이 점령하려 하지 않는 건 당연한 일.

물론 수백 년 전에 슈발츠 제국이라는 곳에서 대규모의 전력을 쏟아 부어 분노의 숲을 개척하려 한 적이 있었다.

하지만 갑작스럽게 나타난 강력한 마물들 때문에 수십만의 병사가 죽고, 몬스터가 세상으로 뛰쳐나가 제국은 혼란 속에 멸망하게 되었다고 한다.

그런 까닭에 지금도 암묵적인 금지로 설정된 분노의 숲.

그 숲에 인간들이 나타난 것이다.

“모두들 마을로 돌아가 촌장님께 말해. 나와 루카가 살펴볼 테니까.”

“알았어.”

비록 나이는 어리지만 다른 아이들보다 강한 근력과 스피릿을 보유한 내가 소년들의 대장이었다.

강한 자만이 살아남을 수 있는 세슬 마을의 당연한 법칙이었다.

"루카, 조심히 따라와."

"걱정하지 마."

말을 하면서도 잔뜩 흥분된 눈빛을 보이는 루카. 경비대장 크락크 아저씨가 떠벌리던 바깥세상을 루카가 동경하고 있음을 예전부터 알고 있었다.

사사사삭.

말을 마치고 조심스럽게 수풀 사이로 몸을 움직였다.

누가 뭐라 해도 이곳은 나의 사냥터.

두려울 것이 없었다.

"이쯤 해서 마을이 나타날 만도 한데……."

"그 정보, 확실한 것이오? 혹시 오크 마을을 인간 마을로 착각한 것은 아니고?"

오십여 명의 중무장한 용병들과 상인 복장을 한 이가 음영이 깊게 드리워진 숲을 살폈다.

"확실하다니까. 그러니까 내가 비싼 돈을 주고 당신들을 고용한 것이 아니오."

"크크크, 우리 그만 고용주님을 괴롭히자고. 어차피 오늘 안에 마을을 찾지 못하면 우리는 돌아가면 그만이니까."

'썩을 놈의 용병새끼들.'

개인 상단을 꾸리고 있는 상인 샤이스는 속으로 용병들에게 욕을 퍼부었다.

'이런 개 같은 일이 있나. 비싸게 주고 산 정보가 틀리면 안 되는데.'

작은 눈에 간사한 인상의 샤이스는 손에 들린 가죽 지도를 보며 인상을 썼다.

용병들을 고용하느라 무려 50골드를 지불하였다.

아무리 자유마을을 발견하면 큰돈이 된다지만, 한 번 실패하면 타격이 컸다.

'그 사냥꾼 늙은이가 거짓말을 하는 자는 아닌데. 이거 잘못하다가 똥 밟는 거 아냐?'

본전 생각에 샤이스는 입맛이 썼다. 삼류 샤벨 용병단과 계약하기를 오늘까지의 거리였다.

만약 오늘 자유마을을 발견하지 못하면 생돈을 날리는 것은 물론이고 샤이스는 상인들과 용병들에게 병신 소리를 듣게 되는 것이다.

'이제 자유마을도 몇 개 남지 않았다. 그전에 내가 발견해야 하는데.'

일확천금을 꿈꾸는 자들의 꿈을 이루게 만들어주는 자유마을. 자유마을을 발견하고 거래를 트는 순간부터 떼돈을 벌

수 있는 것이다.

사람들과 상거래를 하지 않기 때문에 귀한 몬스터의 가죽이나 부산물, 그리고 숲에서 나는 귀한 약재와 마법 시약의 재료들을 보유하고 있을 때가 많았다.

그리고 가끔씩 광산을 개발한 자유마을을 만나면 커다란 부까지 얻을 수 있다.

물론 그 이외에도 좋지 않은 방법으로 돈을 버는 경우도 허다했다. 자유마을이 가진 자원을 모두 다 빼먹은 뒤, 바로 영주에게 고하면 포상금과 함께 돈 되는 노예도 얻을 수 있었다.

'분명 이 근방에 있다. 내 육감은 틀리지 않아!'

상인 특유의 돈 냄새를 맡은 샤이스.

깊게 드리워진 수풀과 나무 사이를 뚫어져라 바라보았다.

"카, 카론, 용병들이야."

"쉿."

루카의 입에 손을 가져가 주의를 줬다.

"아, 아버지가 용병들은 진정한 남자들이라 했어. 괜찮을 거야."

하지만 루카는 용병들을 보고 잔뜩 흥분하고 있었다.

평소 크락크 아저씨가 바깥세상 이야기를 할 때, 용병들에

대하여 좋게 말해주었던 점이 작용한 것 같았다.

'타로칸 스승님이 말씀하셨어. 세상에 믿을 놈은 부모 말고 아무도 없다고.'

루카처럼 나도 처음 보는 사람들의 모습에 흥분이 됐지만 이상하게 마음은 시간이 갈수록 식어갔다.

크락크 아저씨 말대로 남자들만이 누릴 수 있는 용병들은 거친 맹수처럼 보였다.

대부분 얼굴과 드러나는 몸에 지렁이 같은 상처 자국이 있었다. 그러나 문제는 상처가 아니라 그들에게서 풍기는 기운이었다.

마치 살기 어린 몬스터나 맹수처럼 노란 비린내가 느껴졌다.

'착한 사람들은 아니야. 절대!'

마음을 굳혔다.

내 직감이 완벽한 것은 아니었지만 숲이 말해주고 있었다.

지금 오고 있는 자들은 결코 착한 인간들이 아니라고 말이다.

"이제 그만 돌아갑시다. 해도 벌써 기울고 있소. 여기서 돌려야 어제 야영했던 안전한 장소에 갈 수 있소이다."

"조, 조금만 더 가주게. 분명 그리 멀지 않는 곳에 자유마을이 있을 것이네. 그리고 오늘 하루 더 가준다면 일당을 두

배 더 지급해 주겠네."

용병들이 누군가를 향해 돌아가자 말을 했고, 그 사람은 간곡히 용병들을 회유했다.

"샤이스 고용주, 그러면 안 되지. 이곳까지 온 것도 우리 샤벨 용병단이나 되니까 따라왔지, 다른 용병단 같았으면 씨알도 안 먹혔어."

"맞아. 이만 돌아가자고. 분노의 숲은 보기만 해도 으슬거린다니까."

"그래, 돌아가자. 돈 그까짓 거, 적당히 벌면 되지. 괜히 깊숙이 들어갔다가 개죽음을 당할 필요는 없지."

용병들의 걸음이 멈췄다.

"아니, 이 사람들아! 이렇게 돌아가면 나는 어떡하나. 우리가 안면이 없는 것도 아니고, 이렇게 나오면 난 망한다고."

"크크! 샤이스, 그건 당신 사정이고, 우리는 할 만큼 했으니까 돌아갈 것이야. 그리고 만약 약속한 금액을 지불하지 않으면 알아서 하시오."

분위기가 별로 좋지 않았다.

이야기를 하는 중 간간이 살기까지 느껴져 왔다.

"카론, 용병들이 돌아가려 해. 이렇게 돌려보내면 안 돼. 죽을 때까지 다시는 사람들을 못 만날지 몰라."

몽롱하게 눈이 풀린 루카가 큰 목소리를 내었다.

"정신 차려, 루카. 저들은 결코 좋은 사람들이 아니야."

황급히 루카의 입을 막고 자리에 주저앉았다.

"거기 누구야!"

그 순간 용병의 거친 목소리가 사방을 울렸다.

차자자장!

"뭐야? 몬스터라도 나타났어?!"

"모두 전투 대형으로!"

평소 훈련이 잘되어 있는지 용병들이 무기를 빼어 들고 사방을 노려보았다.

하지만 루카의 입을 막고 숨을 죽이고 있었기에 용병들에게 발각될 일은 없었다.

빽빽하게 자란 수풀은 좋은 보호막이었다.

"쳇, 길 잃은 사슴새끼라도 지나간 모양이군."

"츄레스, 망 좀 똑바로 봐!"

"이제 돌아가자고. 어서 돌아가서 맥주를 실컷 마시자고!"

"크하하하! 그래, 돌아가야지. 내 사랑 제로린이 기다리는 그곳으로 말이야!"

경계를 서던 용병들이 긴장을 풀고 몸을 돌렸다.

"휴우……."

그들이 몸을 돌리고 걸음을 옮기자 긴장감이 풀어지며 한

숨이 나왔다.

"용, 용병 아저씨들! 가지 마세요! 우리 마을이 멀지 않아요!"

하지만 그 순간 숨을 돌리는 사이 내 손을 뿌리치고 루카가 벌떡 일어나 소리쳤다.

숲이 떠나가라 잔뜩 흥분한 목소리로 말이다.

'제길…….'

그리고 나는 눈을 감고 내가 알고 있는 최고의 욕을 퍼부었다.

처저저적!

철없는 루카 덕분에 용병들과 자신을 샤이스라 불러달라는 상인과 함께 마을로 향했다.

그렇게 한숨을 쉬며 마을에 도착하자 반겨주는 것은 마을 사람들의 단단한 무장이었다.

용병들을 향하여 활을 겨누고 있었던 것이다.

"아버지, 나쁜 사람들이 아니에요. 용병 아저씨들이에요!"

아직도 상황 파악을 못한 루카가 손을 흔들며 아버지인 크락크 아저씨에게 소리쳤다.

"자유 세슬 마을 주민 여러분, 전 나쁜 목적을 가지고 찾아온 사람이 아닙니다. 샤이스라는 상인으로, 여러분 마을과 교역을 하고 싶어서 찾아왔습니다!"

이곳까지 오는 동안 바보 같은 루카에게 마을 사정을 대충 파악한 샤이스가 마을을 향해 소리쳤다.

"……."

하지만 싸늘한 반응을 보이는 마을 사람들. 들고 있는 화살은 내려가지 않았다.

"식량과 여러 물품들을 바꾸고 싶어서 왔습니다. 그리고 대륙에서 새로 개발된 신품종 밀과 여러 가지 곡물의 씨앗도 있습니다!"

'쳇, 여우 같군.'

태어나 처음 본 상인 샤이스. 하는 짓이 숲 속의 여우 같았다.

언제나 배고픈 마을 사람들에게 식량이라는 말은 귀를 번쩍 틔게 만드는 말이었다.

"샤이스 상인과 아이들만 이리 오시오!"

잠시 후 조용하던 방책 쪽에서 크락크 아저씨의 힘찬 음성이 들려왔다.

작년에 든 가뭄 때문에 올봄에는 모든 집이 멀건 수프로 연명하고 있는 상태. 먹을 것이라는 말에 마을 사람들이 마음을 연 것이다.

"히히, 걱정하지 마세요. 우리 마을 사람들은 다 착해서 이곳을 방문하는 사람들은 다 받아준답니다. 여기 있는 카론과 어머니도 그랬으니까요. 안 그래, 카론?"

자신 덕분에 용병들이 마을을 방문하는 것을 아주 기뻐하는 루카. 마음 같아서는 저 바보 같은 머리통을 주먹으로 때려주고 싶었지만 이미 엎질러진 물이었다.

"그래, 그래야지. 그리고 난 그렇게 나쁜 사람이 아니란다. 루카, 넌 나중에 아주 훌륭한 용병이 될 것이야."

"정, 정말요? 제가 용병이 될 수 있나요?"

매일 보는 것이 숲이요, 사냥밖에 없었던 루카는 완전히 용병과 샤이스의 말에 빠져 있었다.

"만약에, 만약에 우리 마을에 조그만 해라도 있다면 그때는 제가 가만있지 않을 것입니다."

흠칫.

두 사람의 뒤를 따라가며 샤이스의 귀에 들리도록 나의 의지를 전달했다.

그러자 흠칫 놀라면서 못 들은 척 걸음을 옮기는 샤이스.

드드드드드.

우리가 도착하자 방책의 문이 힘차게 열렸다.

"아버지, 제, 제가 이분들을 모셔왔어요! 하하하! 잘했죠?"

방책의 문이 열리자마자 모습을 보이는 크락크 아저씨에

게 달려가는 루카.

퍼어억!

하지만 돌아온 것은 칭찬이 아니라 무식한 크락크 아저씨
의 주먹이었다.

"바보 같은 놈."

예상했던 대로 마을 사람들의 얼굴은 굳어 있었다.

"카론, 너에게 실망이다."

"죄송합니다."

크락크 아저씨가 부리부리한 눈으로 나를 바라보았다.

"하하, 이거 왜 그러십니까. 이 두 사람이 없었다면 제가
이곳을 방문할 수도 없었을 것이고, 어려운 사정에 처한 여러
분을 도와줄 수도 없었을 것입니다."

여우 같은 샤이스가 나까지 물고 들어갔다.

"어서 오시오. 우리 마을에 처음 찾아온 상인이라 다들 긴
장을 하고 있소이다. 내가 세슬 마을의 촌장이오."

요즘 들어 부쩍 기력이 없으신 촌장님. 백발 사이로 듬성듬
성 머리카락이 빠져 있었다.

연세도 많은 데다가 잘 먹지도 못해서 그런 것이었다.

"아이고, 촌장님이셨군요. 샤이스라고 합니다. 이렇게 만
나게 된 것도 다 인연을 안배하시는 루켈님의 뜻이 아니겠습
니까. 하하하! 아주 마을이 튼튼하고 좋습니다."

촌장님의 말에 호들갑을 떨며 입을 여는 샤이스였다.

'그런데 왜 저렇게 눈동자가 사방을 훔쳐보는 거야?'

촌장님과 인사를 나누면서 사람들과 마을 상황을 살피기에 바쁜 샤이스의 눈동자.

기분이 좋지 않았다.

'흐흐흐, 이번에 대박을 만났군.'

샤이스는 터져 나오려는 웃음을 꾹꾹 참아야 했다. 세슬 마을이라 불리는 자유마을의 상황이 자신의 예상보다 더 좋았던 것이다.

사람들의 손에 들려 있는 창이나 검 같은 무기들은 다들 자유마을답지 않게 질이 좋았고, 마을 곳곳에 쌓여 있는 철광석이 이곳이 상당한 돈이 된다는 것을 말해주었다.

더욱이 수백 명은 족히 되는 마을 사람들은 샤이스의 마음에 쏙 들었다.

'계집들도 그럭저럭 봐줄 만하고, 젊은것들이 많으니 이거 돈 좀 되겠어.'

모든 것이 돈으로 보이는 샤이스. 다가올 행복에 가슴 저리는 기쁨을 맛볼 수 있었다.

"그래, 우리 마을에 원하는 것이 뭐요?"

촌장님이 샤이스의 눈을 바라보며 원하는 것이 무어냐고
물었다.

"하하, 상인이 무엇을 원하겠습니까. 적당한 물물거래입
죠. 제가 지금 노새 열 마리에 식량을 잔뜩 싣고 왔습니다. 질
좋은 밀에 옥수수, 콩, 감자 같은 것을 말입니다. 특별히 선발
해 온 것으로 씨앗으로 사용해도 좋을 것입니다."

배고픔에 지쳐 있는 마을 사람들을 바라보며 밀과 먹을 것
에 샤이스는 침을 튀기며 입을 열었다.

"밀, 콩, 옥수수, 감자……."

꿀꺽.

"만약 저와 거래를 트신다면 다른 상인들과 비교할 수 없
을 정도의 아주 좋은 조건으로 거래를 하겠습니다. 어떻게 하
시겠습니까?"

"음……."

샤이스의 말에 신음을 흘리는 촌장님.

먹을 것에 강렬한 눈빛을 보내는 마을 사람들을 바라보며
고개를 끄덕였다.

"우리 마을에서 줄 것은 별로 없소. 제련한 질 좋은 철 몇
덩이와 짐승 가죽, 그리고 약초뿐이라오."

"하하하. 그 정도면 충분합니다. 그럼 거래가 성사된 것으
로 알고 노새를 끌고 오겠습니다. 모두들 식량과 바꿀 물품들

을 가져오십시오."

모든 것이 일사천리로 진행되었다. 배고픔 앞에 더 이상 선택의 여지가 없었다.

"모두들 샤이스 상인의 말을 들었지? 집에 가서 식량과 바꿀 물건들을 가져와."

"네, 촌장님!"

샤이스를 경계하면서도 먹을 것이라는 말에 힘차게 대답하는 마을 사람들이었다.

"루카, 집에 가 있어라."

"네……."

아버지에게 얻어맞아 코피를 쏟으며 루카는 힘없이 터벅터벅 집으로 돌아갔다.

"걱정이군. 우리 마을이 발견되었으니 이제 어쩌면 좋은가."

"휴우, 그러게 말입니다. 상인들이란 본래 지독한 존재들이라 가만두지 않을 것인데 말입니다."

"차라리 잘되었습니다. 언제까지 이곳에서 배고프게 살 수는 없지 않겠습니까. 상인들과 교역하면서 우리도 좀 더 배불리 살아야지요. 아이들도 자라나고 있는데……."

촌장님을 비롯해서 마을 사람들 몇몇이 의견을 나누었다. 하지만 딱히 좋은 의견은 나오지 않았다.

타로칸 스승님의 말처럼 배고프고 힘없는 이들에게 세상은 많은 선택권을 주지 못하는 것 같았다.

'집에 가서 스피릿 호흡이나 해야겠군.'

사냥을 하며 마음껏 스피릿을 발산하지 못했다. 이런 날일수록 더 호흡에 정진해야 했다.

어차피 내가 더 개입해서 무엇을 할 수도 없는 상황. 모든 것은 운명의 신께서 정하실 일이었다.

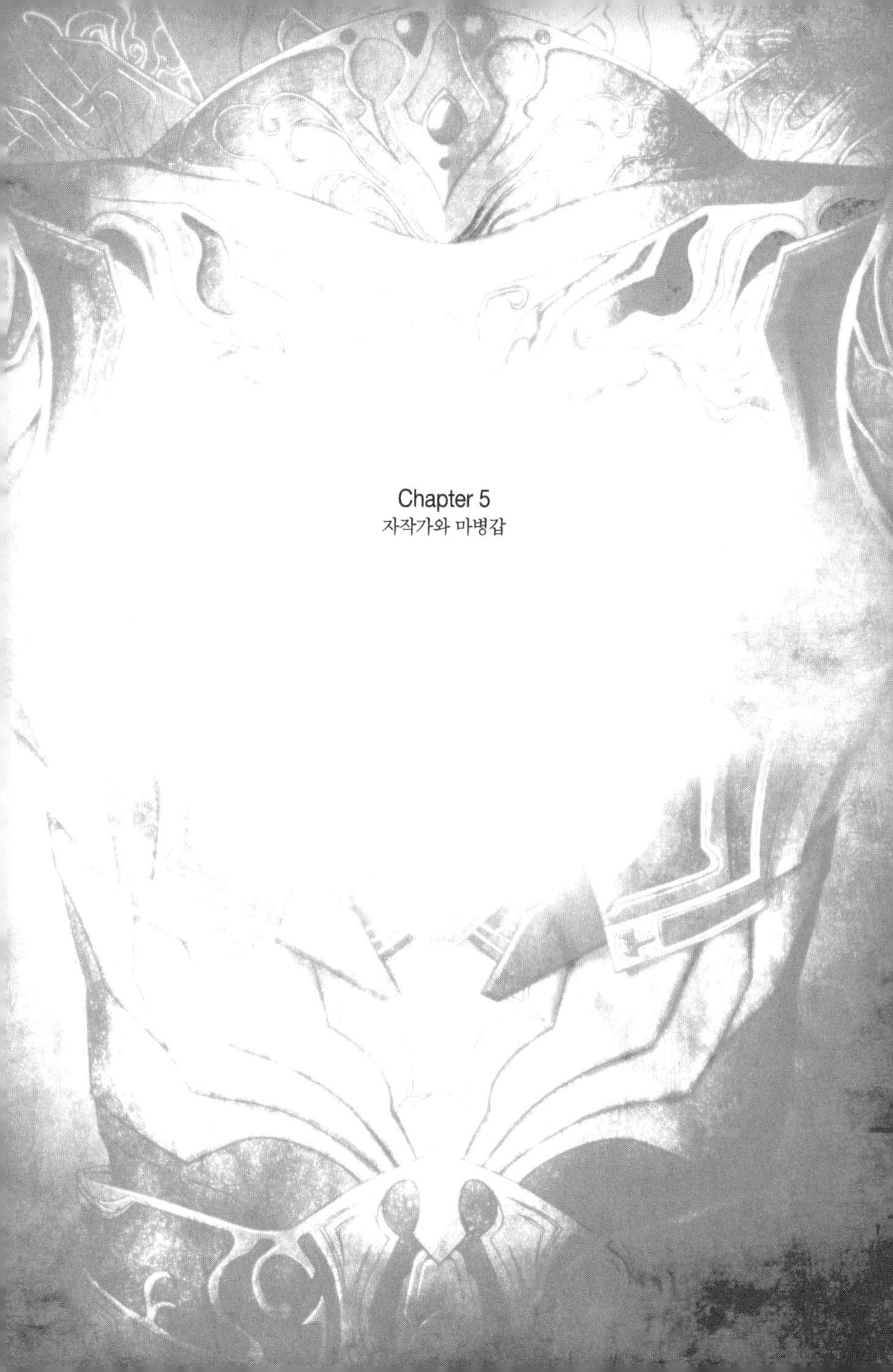

Chapter 5
자작가와 마병갑

KA
RON

"하하하! 카론, 보여? 이게 샤이스 아저씨가 준 체인 메일이야. 튼튼해 보이지? 사슴뿔에 받혀도 끄떡없겠지?"

샤이스와 용병들이 사라지고 벌써 보름이 넘어갔다.

다행히 인상 굳던 용병들은 마을에 아무런 해도 끼치지 않고 조용히 샤이스와 사라졌고, 마을 사람들은 오랜만에 배불리 먹을 수 있었다.

상거래에 대해서 잘 알지 못했지만 제법 괜찮은 조건으로 샤이스와 거래를 하였다 들었다.

그리고 덩치만 컸지 철부지 루카는 샤이스가 선물로 주고 간 체인 메일을 걸치고 자신을 한껏 뽐내고 있었다.

'스승님께서 그들이 다녀간 뒤로 안색이 안 좋으시다. 설마 무슨 일이 있지는 않겠지…….'

상인들과 용병들이 다녀갔다는 말에 스승님은 안색을 굳히며 안절부절못하셨다.

그러나 아직까지는 아무 일도 없었다.

'체계적인 검술을 배워야 한다. 아무리 스피릿이 강해도 검술과 조화시키지 못하면 쓸모없는 힘에 불과하다.'

점점 스피릿 홀에서 묵직하게 느껴지는 강력한 스피릿. SP지수가 얼마인지는 몰라도 상당한 수준인 것은 알 수 있었다.

하지만 문제는 스피릿을 올바르게 사용할 수 있는 방법이 없다는 것이었다. 어머니가 전수해 준 것은 스피릿 호흡법과 기초적인 검술밖에 없었다.

그리고 마을에서는 나를 가르쳐 줄 만한 사람이 없었다. 마을 경비대장인 크락크 아저씨가 있었지만 지금 내 실력으로 상대해도 이길 수 있는 허술한 검술이었다.

'마나를 모아 어설픈 마법사가 될 수도 없고, 세상으로 나가야 하는가.'

어머니가 말한 정도의 실력자가 되기 위해서는 세상에 나가 스승을 구해 배우는 수밖에 없었다.

‘오늘따라 먹구름이 많이 몰려오는군.’

방책 위에 올라 루카와 몇몇 아이들과 함께 경계를 섰다. 샤이스 상인이 주고 간 씨앗을 뿌리느라 마을 사람 대부분이 정신이 없었다.

‘비가 많이 오겠다. 휴우!’

마음 같아서는 홀로 숲 속에 들어가 마음껏 스피릿을 발산하고 싶었지만 오늘은 흥이 나지 않았다.

스릉.

어머니가 남기고 간 롱 소드를 빼어 들었다. 대장장이 자일 아저씨가 만들어준 롱 소드.

베기와 찌르기 둘 다 알맞게 균형이 잘 잡혀 있는 검이었다. 더군다나 마을 뒷산에서 나는 좋은 철로 만들었기에 조금만 다듬어주어도 롱 소드는 날카롭기 그지없었다.

“카론, 그런 조잡한 검은 집어치우고 나처럼 바스타드 소드를 들어! 사내라면 이 정도 검은 되어야지!”

부웅.

내가 검을 들자 자신의 검을 뽑아 드는 루카.

그러나 나에게 덤벼들지는 못했다.

이미 루카는 몇 년 전부터 나의 적수가 아니었다.

‘응? 이 기운은 뭐지?’

그렇게 롱 소드를 빼어 들고 검을 바라보고 있는 순간, 등

판을 싸늘하게 만들며 지나가는 기운을 느꼈다.

'스, 스피릿의 기운이야!'

어느 정도 스피릿을 축적해야만 알 수 있는 스피릿의 공명 현상. 급히 스피릿이 느껴지는 숲을 바라보았다.

"허억!"

그리고 나도 모르게 벌어지는 입.

저 멀리 동쪽 숲에서 낯선 사람들의 모습이 하나둘씩 나타나기 시작했다.

먹구름 사이에서도 반짝이는 똑같은 갑옷과 무기를 든 수백 명의 사람들. 그리고 붉은 방패가 그려진 깃발.

"병, 병사들이 나타났다!"

"으아아아아! 기사들이다!"

밭에서 아무것도 모르고 씨앗을 심고 있던 마을 사람들이 비명을 지르며 마을로 달려왔다.

땡! 땡! 땡!

울려 퍼지는 긴박한 종소리.

'기, 기사들!'

심장이 거칠게 뛰기 시작했다.

평범한 일반 사람들과 다른 길을 가는 기사.

말로만 듣고 상상해 오던 기사들이 지금 내 앞에 나타난 것이다.

"모, 모두 침착하게 대응하시오! 궁수들은 화살을 장전하시오!"

크락크 아저씨가 종소리를 듣고 달려와 지시를 내렸다.

"오오오! 신, 신이시여!"

그러나 방책 위로 올라선 크락크 아저씨는 신을 찾았다.

"라그라 자작 가문의 깃발이다!"

"정규병이 이곳에 오다니……."

망연자실한 눈빛으로 열을 지어 농작물을 짓밟으며 다가서는 기사들과 병사들.

화살을 들고 서 있는 마을 사람들 모두 벌벌 떨고 있었다.

"어어! 저, 저 사람은 샤이스 아저씨!"

루카의 놀란 목소리.

체인 메일과 하프 플레이트 갑옷을 걸친 병사들 사이에서 모습을 드러내는 익숙한 얼굴.

마을에 왔던 상인 샤이스였다.

'죽일 놈!'

상황이 어찌 되었는지 알 수 있었다. 샤이스가 자유마을을 영주에게 팔아먹은 것이었다.

"준남작님, 상당히 괜찮은 자유마을입니다. 이 금방에서 저 정도 자유마을은 없습니다요. 그리고 최근 몇 년 동안 발견된 마을 중에서도 저렇게 큰 마을은 없을 것입니다요."

"그렇군. 수고했네. 그대의 공은 내 특별히 자작님께 보고해 주지."

"수고랄 게 있습니까. 다 자작님에 대한 제 충정입니다요."

오백 명의 정규 병사들을 이끌고 나타난 이들.

기사 십여 명의 보호를 받으며 나타난 40대 초반의 기사가 세슬 마을을 흡족한 눈빛으로 바라보았다.

프로랄 준남작.

서부대륙의 십여 개 왕국 중 하나인 루올 왕국의 라그라 자작 가문의 수석 기사.

라그라 자작 가문에서도 미라쥬 급 마병갑옷을 보유한 스피릿 나이트였다.

"게슈린 경, 저들에게 영명하신 영주님의 뜻을 전하거라!"

"명!"

자유마을 사람들이 모두 방책 안으로 들어가자 입가에 조소를 지으며 게슈린이라는 기사를 불렀다.

이에 힘차게 대답하며 말을 몰아가는 게슈린.

퍼러럭.

말을 타고 달리자 게슈린의 푸른 기사 망토가 바람에 흩날렸고, 그 사이로 푸른빛이 일렁이는 마병갑이 보였다.

"기, 기사가 다가옵니다!"

"침착해라. 모두 침착해."

힘없는 촌장님이건만 마을에 위난이 닥쳐오자 달려오다시피 방책 위로 올라섰다. 그리고 심하게 흔들리는 마을 사람들의 마음을 단속했다.

"허억! 저, 저것은 마… 마병갑!! 오오, 신이시여……!"

달려오는 기사를 바라보던 크락크 아저씨가 절망의 신음을 터뜨렸다.

마병갑.

마법과 마정석, 연금술, 제련술 및 스피릿이 총망라된 현 마법문명의 총아.

황금보다 수십여 배는 더 비싼 미스릴과 특수 금속으로 만들어진 갑옷에 새겨진 대마법과 물리적 마법진.

가장 하급의 마병갑이라 하더라도 스피릿을 200SP 이상 보유해야만 운용할 수 있는 궁극의 방어체이자 무기.

마병갑을 착용한 스피릿 나이트는 마병갑에 기록된 마법진에 의하여 대마법, 대물리적, 대정령 방어력이 일반 갑옷에 비하여 비약적으로 상승한다.

더욱이 마병갑의 심장이라 할 수 있는 마정석의 급수에 따라 마병갑 또한 성능을 달리한다 하였다.

'저것이 마병갑이란 말인가!'

일반 플레이트 갑옷과 달리 군더더기 없는 깔끔한 마병갑. 특수 금속을 사용해서 무게가 대부분 5키랑(kg)도 나가지 않으며, 몸과 일체가 되는 듯한 착용감을 준다는 마병갑.

어머니가 말해주었던 마병갑을 걸친 스피릿 나이트들의 엄청난 무훈, 스승님이 몽롱한 음성으로 말해주던 마병갑의 마법적 가치.

달려오는 기사의 마병갑을 바라보며 심장이 뛰었다.

"자유마을은 영명하신 라그라 가문의 안세스 자작님의 명을 받으라!"

홀로 말을 타고 달려와 힘차게 소리치는 기사.

그 음성에서 넘쳐 나는 스피릿 파장을 느낄 수 있었다.

"이, 이곳은 자유마을입니다. 어찌 고귀하신 안세스 자작님과 기사님들이 납시었는지요."

언제나 흔들리지 않는 고목 같던 촌장님은 마병갑이라는 말에 덜덜 떨고 계셨다.

"본래 자유마을이란 왕명을 위배한 자들이 도망쳐 세운 마을이다. 비록 그대들이 이곳 분노의 숲에 마을을 세웠지만, 그대들은 모두 위대한 샤를로 국왕 폐하와 루올 왕국의 백성들이다. 이곳에 숨어살지라도 백성의 지위와 죄인의 죄는 사해지지 않는 것이 루올 왕국의 왕법이니라!"

쿠궁!

"……."

"크윽……."

기사의 명확한 의미 전달에 마을 사람들의 얼굴이 검게 변하였다.

"이에 왕명을 목숨처럼 여기시는 안세스 자작님께서는 이 왕국의 근본인 왕법을 수호하기 위하여 정의를 수호하는 기사들과 병사들을 이곳에 파견하셨다. 그대들은 듣거라! 오늘 이 시간부로 과거에 지었던 모든 죄를 사하고 그대들을 라그라 자작 가문 소속의 영지민들로 받아들일 것이며, 만약 반항하는 자는 지엄한 국법에 따라 참할 것을 알리는 바이다!"

털썩.

기사의 말이 끝나기가 무섭게 자리에 주저앉는 촌장님.

"촌장님!"

"이, 이럴 수가……!"

비록 먹을 것 없고 입을 것 없으며 미래도 보장되지 않는 이곳에서 살아가던 마을 주민들, 국왕과 귀족들의 횡포에 자유를 찾아왔던 사람들에게 기사의 말은 청천벽력과도 같았다.

"선택하라! 영명하신 안세스 자작님의 마을로 들어올 것인지, 아니면 여기서 반역죄를 범한 죄인으로 죽을 것인지!"

살벌하기 그지없는 음성으로 최후통첩을 하는 기사.

"……"

마을 사람들 모두 아무 대답도 하지 못했다. 아무리 몬스터들을 물리치며 지금껏 분노의 숲에서 살아왔다지만, 정규 병력은 몬스터가 아니었다.

더군다나 말로만 듣던 마병갑을 직접 보면서 입을 열 자는 아무도 없었다.

"죽, 죽여 버릴 거야. 저 오크 똥만도 못한 새끼!"

끼이이익!

어느새 믿었던 자의 배신에 눈물과 콧물을 흘리는 루카. 장궁을 꺼내 들고 이곳을 바라보고 있는 샤이스에게 활을 겨누고 있었다.

"그만둬!"

휘이이익!

들고 있던 검집으로 루카의 배를 가격했다.

퍼어억.

"크헉!"

인정사정없는 일격에 배를 부여잡고 쓰러지는 루카.

쉬이이익, 턱!

그 순간 그가 들고 있던 화살에서 활이 발사되며 방책 위에 깊숙이 박혔다.

‘병사들과는 싸울 수 있다. 마을의 단단한 방책과 장궁이라면 병사들은 물리칠 수 있다. 하지만 문제는 마병갑. 도저히 승산이 없다.’

아마 마병갑을 소유한 저 일인의 기사만으로도 세슬 마을은 사라질 수 있을 것이다.

마병갑 중 가장 하급인 슈인트 급이라 해도 30야기(분)의 시간 동안 활성화될 수 있고, 그 시간이면 평범한 마을 사람들을 도륙하기에는 넘치고도 남을 시간이었다.

‘마병갑……. 마병갑.’

마을 사람들 모두 예전과 같이 영주의 농노가 될 수밖에 없을 것이지만 마음은 냉정했다.

어차피 이길 수 없는 상황.

가장 현명한 판단을 내려야 했다.

“왜 말이 없는가! 자애스러운 자작님의 명을 거역하겠다는 건가!”

창!

아무 말이 없자 검을 빼어 드는 기사.

지이이이이잉!

연한 물빛의 스피릿이 기사의 검에서 파장을 일으키며 뻗어 나왔다.

마병갑과 함께 일체를 이루는 마병검이었다.

"자, 자애스럽고 영명하신 안세스 자작님께 자유마을 세슬은 오늘부터 복속하겠나이다. 부디 자비의 여신 세라님의 은총을 내려주시기를……."

탱그렁.

어느새 자리에서 일어나 덜덜 떨리는 몸으로 눈물을 흘리며 복속을 청하는 촌장님.

그 순간 누군가의 손에 굳게 들려 있던 창이 바닥으로 힘없이 굴러 떨어졌다.

수십 년 동안 자유를 위해 살아왔던 자유마을 세슬.

오늘부로 그 자유는 날아가 버린 새처럼 사라져 버렸다.

'샤이스…….'

그리고 나는 조용히 상인 샤이스를 노려보았다.

내 경고를 무시한 샤이스. 그에게 돌아갈 가장 합당한 처벌을 가슴에 파랗게 품었다.

"모두 무기를 해제하라! 이제부터 세슬 마을은 충성스러운 안세스 자작님의 정병들이 방어를 맡을 것이다!"

"뭐 하나! 준남작님의 말이 들리지 않나! 모두 무기를 지정한 곳에 버리고 집에 있는 무기들도 가져와라!"

"움직여! 빨리 빨리 움직이란 말이야!"

"아이고, 기사님들, 이 무기는 안 됩니다. 밖에 일하러 갈

때 반드시 필요한 무기입니다요.”

“뭐라고! 자작님의 병사들을 믿지 못하겠다고! 이런 썩어 빠진 정신을 소유한 놈이 있나! 병사! 이놈에게 채찍 열 대를 가하라!”

“충!”

아수라장이 따로 없었다.

복속이 아니라 항복과 진배없는 촌장님의 선택. 단단하던 목책의 문이 열리고 수백여 명의 병사들이 안으로 쏟아져 들어왔다.

그리고 시작된 가차없는 무기 제거와 공포 분위기 조성.

몬스터에 맞서 당당히 싸우던 세슬 마을 사람들은 순식간에 우리에 갇힌 짐승이 되었다.

“호호호. 꼬마야, 어서 기사님들의 명에 따라야지? 그 위험한 무기를 저기다 내려놓고 다음 명을 기다리거라. 이 싸가지없는 꼬마 새끼야!!”

병사 둘을 대동하고 돌아다니는 상인 샤이스. 내 앞에 나타나 눈을 부라리며 약을 올렸다.

“샤, 샤이스! 이 오크 똥만도 못한 놈! 죽어!”

자신이 저지른 하나의 실수 때문에 마을이 쑥대밭이 되어 가는 것을 지켜보던 루카의 눈이 확 뒤집혔다.

그리고 루카는 샤이스를 향해 창을 들고 맹렬히 돌진했다.

“뭐야, 이 새끼는?!”

차자장!

루카의 돌격에 건장한 병사 둘이 할버트를 들어 순식간에 루카의 앞을 막아섰다.

“반항하는 놈은 죽여라!”

그때 멀리서 들려오는 기사의 차가운 목소리.

쉬이이이익.

병사들이 입가에 차가운 미소를 지으며 루카의 배와 심장을 향해 창을 날렸다.

‘바보 같은!’

급박한 순간. 아무리 루카가 세슬 마을에서 힘이 좋고 실력이 뛰어난 사냥꾼이라 해도 정규 훈련을 받은 병사에게는 힘이 부칠 수밖에 없었다.

더군다나 병사들은 한둘이 아니고 루카를 도와줄 사람은 아무도 없는 상황.

황급히 몸을 날렸다.

턱!

그리고 달려가는 루카의 다리를 걸었다.

쿠당탕탕!

높이 건 내 발에 달려가는 힘 때문에 붕 떠서 바닥에 넘어지는 루카.

그런 루카의 모습에 병사들이 잠시 갈등을 보였다.

"병사님들, 조금만 참아주세요. 애가 보기에는 다 컸어도 이제 열일곱 살이에요. 집에 있는 동생들을 생각해서 한 번만 봐주세요."

황급히 병사에게 간청을 하였다.

"그래, 그만들 두시오. 흐흐흐, 저놈 덕분에 이곳 마을을 발견했으니 그 공은 인정해 줘야 하지 않겠소."

바닥에 쓰러져 흐느끼는 루카를 향해 조소를 날리는 샤이스가 병사들을 말렸다.

"운 좋은 줄 알아라. 우리들은 명령을 받고 사는 몸. 반항하면 우리도 어쩔 수 없다."

병사들은 나에게 차가운 경고를 날렸다.

"고맙습니다."

고개를 숙여 감사함을 표했다.

우드득!

그러나 등 뒤로 보이지 않는 손은 분노로 일그러졌다.

"병사들의 휴식을 위하여 집들을 반절 정도 비워라! 그리고 마을의 여인들은 병사들의 저녁 식사를 준비하라!"

난폭한 폭군과 다를 바 없는 기사들과 병사들.

마을 사람들 모두를 종처럼 부렸다.

챙그렁!

눈물과 콧물로 범벅된 루카를 끌고 병기가 수북이 쌓여 있는 곳에 가서 엄마의 검과 활을 던졌다.

'꼭 찾으러 올게.'

어머니의 손때가 묻은 검을 던지며 약속했다.

"이런 자유마을 따위에 이런 좋은 무기들이라니, 내 부하들 무기보다 더 좋군."

"헤헤. 프로랄 준남작님, 듣기로 마을 뒤편에 쓸 만한 광산이 있다고 합니다. 그것만 잘 개발하시면 라그라 자작가는 상당한 부를 축적하게 될 것입니다요."

수북이 쌓여가는 무기들을 바라보며 기뻐하는 기사를 향해 어느새 나타나 아부를 하는 샤이스. 간사한 놈의 모습에 살기가 살짝 치솟았다.

"응?"

그 순간 고개를 돌려 나를 바라보는 기사. 병사들을 이끌고 나타난 프로랄이라는 준남작이었다.

"스피릿의 기운이 느껴지다니, 네놈들은 누구냐?"

'이런!'

마병갑을 착용할 정도의 강한 스피릿을 소유한 기사. 나와 루카를 향해 얼굴을 돌리고 있었다.

"저놈이 제법 덩치가 크고 스피릿을 소유하고 있습니다요."

샤이스의 손가락이 우리에게 향했다.

"끌고 와라."

어머니가 전수한 스피릿 호흡법에는 스피릿의 발산 및 갈무리 방법이 있었다.

그렇기에 순식간에 스피릿을 거두었다. 그러나 이미 늦은 상황이었다.

샤이스가 우리에게 다가왔다.

"이놈 아비가 과거 헬퍼 나이트의 종자 정도 된 것 같습니다. 자기 입으로 떠벌리기를, 스피릿 호흡법을 통해 스피릿을 제법 모았다고 했습니다."

우리에게 다가오던 샤이스는 루카를 손가락질했다.

"헬퍼 나이트의 종자? 이리 데려와라. 게슈린 경, 스피릿 측정기를 가져오시오."

"여기 있습니다."

지휘관의 명에 게슈린이라는 기사가 말안장에서 푸른 수정 막대기를 꺼내었다.

'저게 스피릿 측정기?

타로칸 스승님에게 말로만 듣던 스피릿 측정기.

은은한 푸른빛이 도는 수정체에는 마법 문양이 새겨져 있는 것이 스피릿 저항 계수를 측정해 내는 마법도형이었다.

"여기에 스피릿 홀에 있는 모든 스피릿을 불어넣어라. 만약 조금이라도 허튼짓을 한다면 스피릿 홀을 파괴시켜 버릴 것이다.”

“으으으…….”

강렬하게 일어나는 프로랄의 스피릿. 그 파란 스피릿의 기운에 루카는 신음을 흘렸다.

그리고 자신의 손을 가져가 스피릿 측정기를 움켜잡았다.

“불어넣어! 어서!”

소리치는 프로랄.

그 주변으로 기사들이 호기심 어린 시선으로 모여들었다.

“으아아!”

감당할 수 없는 스피릿의 기운에 눌려 움켜쥔 측정기에 부서뜨릴 것같이 스피릿을 불어넣는 루카.

파앗!

그 순간 스피릿 측정기에 파란빛이 뿜어져 나왔다.

“호오! 촌구석에 있는 놈이 제법이구나.”

“적어도 30은 넘는 것 같습니다.”

“고작 30이라니……. 별거 아닌 놈이 소리만 요란하군.”

흥미를 보이던 기사들이 저마다 한마디씩 했다.

‘루카의 스피릿은 30 정도구나. 그럼 나는 어느 정도일까?’

기사들의 놀림 속에서 궁금한 나의 스피릿 한계.

"스피릿 지수가 30밖에 안 되는 놈이 스피릿을 발산하다니, 간이 배 밖으로 나온 놈이군."

강력한 스피릿에 얼이 나간 것 같은 루카.

조로로로록.

루카의 바지 사이로 뜨거운 오줌이 줄줄 흘러내렸다.

"이놈이 더럽게!"

퍽!

자신이 그리 만들었음에도 루카가 오줌을 싸버리자 발로 걸어차는 프로랄이라는 준남작.

죽일 놈이었다.

"루카!"

쓰러지는 루카를 황급히 일으켜 세웠다.

감당하기 힘든 스피릿에 노출되면 바보가 될 수도 있었다.

서둘러 루카를 부축하며 그를 악의 소굴에서 빼내었다.

"푸하하하하!"

"낄낄낄낄! 역시 무지렁이 촌놈들은 어쩔 수 없다니까."

기사들이 소리 높여 웃어젖혔다.

'으드득, 네놈들을……'

끓어오르는 분노 속에 서둘러 몸을 빼내었다.

앞으로 복속된 세슬 마을에서는 이보다 더 심한 꼴을 봐야 할 것이다.

"스승님!"

"어, 카론 왔느냐."

"이게 도대체 무슨 일입니까?"

"클클, 무슨 일은… 마나도 없는 마법사가 당해야 할 수모지."

한바탕 전투라도 벌어진 양 타로칸 스승님의 방은 엉망진창이었다.

"썩을 놈들이 돈 되는 것은 잘도 알고 있더구나. 특히 그 샤이스라는 놈은 지독한 놈이더구나. 클클."

마법적인 지식이 풍부한 스승님이었기에 마법 연구에 필요한 물품을 제법 많이 소장하고 있었다.

그런 스승님의 물건들을 빼앗아간 자들.

병사가 아니라 산적들이었다.

"카론, 이곳은 더 이상 희망이 없다. 도망쳐라. 그리고 세상으로 나가라."

"스승님……."

어제보다 더 늙어버린 스승님.

구부정한 허리와 어깨에서 느껴지는 기운은 목숨이 얼마 남지 않은 노인과 다르지 않았다.

"이게 세슬 마을의 운명이다. 그리고 이제 너의 운명을 찾을 때가 되었다. 카론, 넌 이런 곳에 있을 운명이 아니다.”

공허한 눈빛 속에서도 나를 향해 뜨거운 눈빛을 보내시는 스승님.

“가라. 가서 마음껏 세상을 날아봐라. 그리고 잊지 마라. 힘 없는 자의 자유가 얼마나 비참한 것인지를……．”

“…스승님.”

할 말이 없었다.

언젠가는 떠날 줄 알았지만 이렇게 급박하게 떠날 줄은 몰랐다. 더군다나 여태껏 나를 친자식처럼 돌봐주었던 마을 사람들을 버리고 떠난다는 것이 양심에 어긋났다.

“아파하지 마라. 놈들이 마을 사람들을 당장 어찌하지는 않을 것이다. 카론, 큰 뜻을 펼치기 위해서는 냉정한 이성과 뜨거운 가슴을 가져야 한다. 그리고 지금은 냉정한 이성이 더 필요한 때이다.”

나의 정신적 스승인 마법사 타로칸.

절망의 와중에도 희망을 노래하였다.

“카론, 한 가지만 부탁하마.”

“네, 스승님.”

어느새 기운을 회복하고 나를 향해 열정의 눈빛을 보내시는 스승님이었다.

“넌 마지막 남은 샤피르 학파의 전수자이다. 부디 학파의 꿈을 이루어 온 세상에 알리거라. 샤피르 학파가 결코 마법계의 이단아가 아니라 미래를 꿈꾼 선각자였다고 말이다!"

피를 토하듯 절규하며 하는 스승님의 부탁.

뜨거운 것이 가슴을 울컥 물들였고 나의 고개는 힘차게 끄덕여졌다.

"알겠습니다. 반드시 샤피르 학파의 이론이 옳다는 것을 세상 사람들에게 알리겠습니다! 제 이름 카론을 걸고 맹세합니다!"

"고맙다, 카론. 하하하! 이제야 마음이 시원하구나."

호탕하게 웃음을 터뜨리는 타로칸 스승님.

그 모습에 나는 스승님께 한 가지를 더 배울 수 있었다.

어떠한 고난이 와도 자기의 신념을 포기하지 않는 자세. 그리고 웃을 수 있는 여유.

스승님은 역시 나의 스승님다웠다.

'내일 해가 밝으면 도망치는 것이 힘들 수도 있다. 놈들이 분명 내일부터는 가구를 일일이 조사할 것이다.'

타로칸 스승님께 작별을 고하고 방으로 돌아왔다.

"크하하하! 춤을 춰라! 마음껏 마셔라!"

"오늘 밤은 우리를 위해 쾌락과 축제의 신 아토파사카님이 허락하신 날이다! 마셔! 죽도록 마시자고!"

자작가 병사들이 지르는 고성에 온 마을이 떠들썩하였다.

마치 대승을 치르고 벌이는 연회 같은 분위기.

시중을 드는 마을 처녀들을 희롱하는 그들의 모습에 이글거리는 살기가 피어올랐다.

그러나 나 혼자로는 어찌할 수 없는 현실.

냉정한 이성을 발휘하며 계획을 세웠다.

'언젠가 받은 만큼의 배로 돌려줄 것이다. 안세스 자작, 그리고 기사 놈들!'

먹을 것이 없어도 행복하기만 했던 세슬 마을. 자신들의 탐욕을 위하여 이 보잘것없는 마을을 점령한 안세스 자작에 대한 적개심이 가슴 깊이 자리 잡았다.

세슬 마을은 내 영혼의 고향이자 안식처였다.

'어머니, 떠나겠습니다. 조금만 기다리세요. 곧 힘을 얻어 돌아오겠습니다.'

어머니의 체취가 묻어 있는 작은 오두막집. 그리고 어머니가 잠들어 있는 마을 뒷산의 나무 아래.

이를 악물고 마음을 다스리며 스피릿 호흡을 운용하였다.

늦은 밤, 놈들이 잠을 청할 때 나는 내 고향을 떠나야 했다.

투두투두두두둑!

컴컴한 밤을 울리는 빗소리.

대낮부터 잔뜩 웅크리고 있던 하늘이 비를 쏟아 부었다.

병사들이 쳐들어오지 않았다면 가뭄을 해소하는 단비였겠지만 오늘 밤에 들리는 빗소리는 처량하기 그지없었다.

스윽.

시간이 되었음을 알고 자리에서 일어났다.

술을 퍼먹고 노래를 부르던 병사들도 지쳐 잠들었는지 온통 침묵에 빠진 마을.

조용히 방문을 열었다.

'무기를 찾아야 한다. 맨몸으로는 숲을 뚫기 어렵다.'

조심스럽게 사방의 기척을 감지하며 발걸음을 옮겼다.

투두둑.

어깨에 떨어지는 굵은 빗방울.

눈을 살포시 뜨며 어둠 속의 길을 나섰다. 어차피 눈을 감고도 알 수 있는 마을의 길.

놈들이 내일 자작가로 옮기기 위하여 잔뜩 쌓아놓은 마을 사람들의 무기가 있는 마을 광장으로 향했다.

스륵스륵.

빗물에 질퍽하게 젖은 길 위를 스치듯 걸어 마을 광장에 도착했다. 방책 안에 집을 지었기에 웅기종기 모여 있는 집과 집 사이를 돌아 도착한 마을 광장.

두 명의 병사가 광장 앞에 있는 촌장님 집 지붕 밑에서 창을 든 채 졸고 있었다.

처저적.

사방을 살피고 스피릿을 운용하여 재빠르게 수북이 쌓여 있는 무기들 앞에 이르렀다.

그리고는 어머니가 남겨준 롱 소드를 찾았다. 어차피 활 같은 것은 마을 사람들이 공동으로 만들어 사용했기에 굳이 누구의 것을 따질 필요가 없었다.

반짝.

그 순간 거짓말처럼 반짝이는 어머니의 롱 소드.

조심스럽게 롱 소드를 꺼내어 들었다.

'휴우.'

비록 그다지 좋은 검은 아니었지만 어머니가 남겨주신 유일한 유품.

롱 소드를 손에 쥐고 허리에 차고 있는 검집에 넣었다.

그렇게 검을 챙기고 활을 하나 찾아든 뒤에 수십여 발의 화살이 꽂혀 있는 화살통도 어깨에 걸쳤다.

철퍼덕.

무사히 무기들을 챙기려는 순간, 쌓아놓았던 창 몇 자루가 바닥에 떨어졌다.

"거, 거기 누구야?"

잠을 자던 병사가 소리에 놀라 눈을 비비며 소리쳤다.

하지만 그 순간 나의 몸은 이미 떨어진 창 한 자루를 손에 쥐고 자일 아저씨의 집 모퉁이를 돌고 있었다.

혹시나 몰라서 끌어올리고 있던 스피릿으로 스피릿 스텝을 밟은 것이었다.

스륵스륵.

무사히 무기를 챙겨 들고 방책 쪽으로 향했다.

아무리 풀어 헤쳐진 놈들이었지만 몬스터가 호시탐탐 노리는 이곳이 안심이 되지 않았는지 수십 명의 병사들이 방책 위에서 망을 보고 있었다.

물론 굵은 빗방울에 가려 시야가 제한적이었지만 정병 훈련을 받았는지 놈들은 이 인 일조로 규칙적으로 사방을 살폈다.

그러나 이미 내 눈에는 놈들의 허점이 보였고, 그 허점을 찾아 몸을 움직였다.

'응? 저, 저것은?'

그렇게 몸을 움직여 막 방책을 넘으려는 순간, 한 물체가 몸을 웅크리고 방책 밑에서 쭈그리고 있는 모습이 보였다.

'루카!'

어둠과 비 때문에 사람을 구별하기는 어려웠지만 빗속에서도 맡을 수 있는 친구의 땀 냄새, 잊을 수 없는 루카의 향취였다.

‘이 녀석······.’

루카도 나와 같은 생각을 하고 있었던지 자신의 검과 활을 들고 사방을 엿보고 있었다.

‘루카뿐만이 아니군.’

그뿐만이 아니었다.

나와 사냥을 함께했던 마을 아이 세 명이 루카와 얼마 떨어지지 않은 곳에 숨어 있었다.

아마도 미래를 예측한 부모들이 아이들을 내보낸 것 같았다.

이곳에서 가축처럼 사느니 자유를 향해 나아가라 명했을 것이다.

‘아이들이 위험하다.’

나와는 달리 단숨에 방책을 넘어가기에는 무리가 있는 루카와 아이들. 살벌하게 순찰을 서고 있는 병사들의 눈을 피해 도망가는 것이 쉽지는 않을 것이다.

더욱이 병사들의 손에는 이런 빗줄기에서도 제 성능을 발휘하는 석궁이 들려져 있었다.

‘다행히 스피릿 나이트는 없다. 그러나 아이들은 위험하다.’

잠시 고민을 하였다.

그러나 결론은 하나.

자유를 찾기 위하여 세상으로 나가는 친구들을 위해 내가 잠시 위험을 감수하기로!

휙, 탁.

작은 돌멩이를 들어 루카의 뒤를 맞췄다.

휙.

순간 놀라서 뒤를 돌아보는 루카.

손가락으로 우리들만의 암호를 보냈다.

내가 유인할 것이니 너희들은 도망쳐라.

그러자 위험하다며 말리는 루카의 암호.

고개를 저었다.

씨익.

그리고 웃었다.

타다다닥!

루카와 아이들이 있는 곳의 반대편을 향해 달렸다.

"어! 거, 거기, 뭐야! 멈춰!"

아무리 빗소리에 모든 소리가 잠을 잔다지만 드러내 놓고 달리는 나를 못 봤다면 그건 눈뜬장님일 것이다.

'언젠가 다시 보자, 친구들! 세라님이 보호해 주실 거야.'

달리는 와중에도 친구들을 위해 신께 기원했다.

"누가 도망친다! 잡아라!"

병사들의 고함이 사방을 울렸다.

그리고 그 순간, 순식간에 스피릿을 운용하여 100미온을 달려온 나는 병사들이 서 있는 방책 앞에 이르렀다.

팟!

힘차게 젖은 대지를 박찼다.

"쏴라!"

그 순간 들리는 발사 명령.

내 몸을 향해 십여 발의 석궁이 날아오고 있음이 스피릿의 기척에 걸렸다.

탁!

몸을 날리는 와중에 오른발을 왼발로 걸어찼다.

그리고 힘차게 몸을 옆으로 비틀었다.

쉬쉬쉬쉬쉬쉭!

귓가를 스치고 가는 화살들.

터더덕!

몸은 어느새 바닥에 닿았고, 자유를 찾은 내 발은 내 의지를 머금고 비와 어둠에 잠긴 분노의 숲을 향해 뛰어 들어갔다.

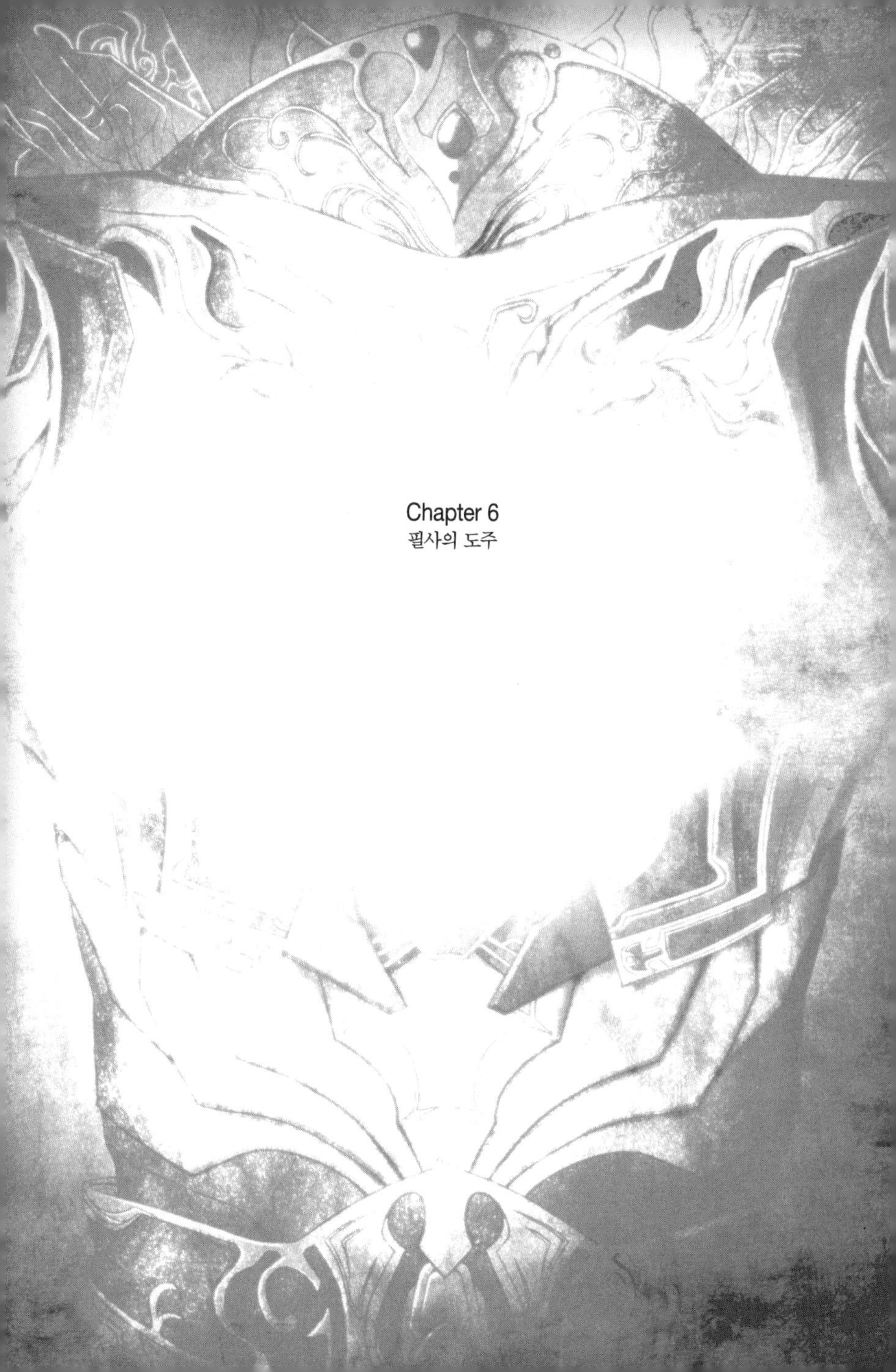
Chapter 6
필사의 도주

질겅질겅.

집에서 챙겨온 마른 사슴 육포를 꺼내어 씹었다.

어느새 분노의 숲에 들어온 지 이틀째.

높은 떡갈나무 위에 앉아 그들을 기다렸다.

'어서 와라, 이놈들.'

마음속의 분노를 풀지 않고 이대로 세상 밖으로 도망칠 수 없었다. 아무리 스승님이 큰일을 위해 냉정한 이성을 소유하라 하였다 해도, 지금은 그러고 싶지 않았다.

더욱이 이곳은 나에게 익숙한 분노의 숲.

놈들이 세슬 마을로 가기 위하여 만들어놓은 숲길을 바라보며 차분하게 마음을 가라앉혔다.

'루카, 몸조심해라.'

이틀 전 그렇게 병사들을 유인한 뒤에 아이들을 찾았다.

그러나 숲 어디에서도 아이들의 모습은 보이지 않았다. 워낙 많은 비가 와서 사물을 제대로 구분할 수도 없었고, 빗물에 씻겨져 흔적도 찾을 수 없었다.

'다들 살아만 계십시오.'

세슬 마을 사람들에게 다시 자유를 찾아주고 싶은 마음. 그것이 마을 사람들에게 받은 고마움에 대한 예의였다.

히이이잉.

"이럇! 힘내, 이놈들아! 이곳에서 죽고 싶지 않으면 빨리 걸어!"

착착!

그때 멀리서 들려오는 노새와 말의 비명과 채찍 소리.

'이제야 오는군.'

그제 내린 비로 출발이 하루 늦어진 것 같았다.

그리고 아직도 축축이 젖은 숲길을 타고 놈들이 오고 있었다.

'하나, 둘, 셋……. 오십 명 정도의 병력이군.'

비가 온 뒤로 제법 무더워진 날씨건만 언제 무엇이 덮칠지 모르는 분노의 숲이었기에 갑옷을 그대로 걸치고 나타나는 병사들.

'샤이스…….'

병사들 사이로 상당한 무게의 짐을 실은 말들과 노새에게 채찍질을 하고 있는 상인 샤이스가 보였다.

끼리릭.

활을 들어 놈을 겨냥했다.

다른 놈들은 몰라도 저 한 놈은 반드시 죽일 것이다.

자신의 욕심을 위하여 수많은 이들을 희생시킨 악마 같은 자.

결코 살려둘 수 없었다.

"이게 뭔 꼴인가! 내가 하루만 더 있다 가자 하지 않았는가!"

화살을 샤이스에게 겨누는 순간 갑자기 나타난 한 놈.

'스, 스피릿 나이트!'

나타난 놈은 익히 알고 있는 스피릿 나이트였다.

마을 사람들에게 복속을 권유하던 오만한 자작가의 게슈린이라는 기사였다.

'스피릿 나이트를 이런 화살로 죽일 수는 없다. 제기랄…….'

일반 화살로는 도저히 뚫을 수 없는 마병갑.

더욱이 스피릿 나이트는 감각이 극도로 발달한 자들이라 이런 화살쯤은 순식간에 피할 수 있었다.

파르르.

갈등에 손에 들린 활이 파르르 떨었다.

놈들과의 거리는 70미온.

빽빽한 숲 속에서 화살이 직사로 날아갈 수 최대한의 공간을 확보한 곳이 이곳이었다.

만약 여기서 실패하면 더 근접거리에서 놈을 죽여야 했다.

'놈은 반드시 죽인다. 설사 내가 죽는 한이 있더라도!'

샤이스에게 말했었다.

만약 마을 사람들에게 무슨 해를 가한다면 내 손으로 죽여 버리겠다고 말이다.

그리고 나는 약속을 지켜야 했다.

언제 다시 만날지 기약할 수 없는 비열한 상인 놈.

죽을지라도 용서할 수 없었다.

그것이 어머니가 말하던 내가 가야 할 길이었다.

끼리리리리릭!

팽팽하게 당겨진 활.

두웅!

경쾌한 소리를 만들어내며 화살은 허공을 갈랐다.

“암습이다!”

그와 동시에 기척을 감지하고 순식간에 검을 빼어 들고 소리치는 스피릿 나이트 게슈린.

창!

“크아아아아악!”

화살이 튕겨 나가는 소리와 함께 처절한 비명이 동시에 울려 퍼졌다.

“눈! 내 눈! 으아아아아악!”

심장을 노리고 쏜 화살이 게슈린의 검에 튕겨 샤이스의 눈에 박힌 것 같았다.

‘제길!’

눈에 깊이 박혔으면 소리도 지르지 못하고 죽었을 것이건만 길길이 날뛰는 놈의 모습에서 생명에는 지장이 없음을 알아챘다.

“저기다! 저기 놈이 있다! 쫓아라!”

스피릿 나이트 게슈린이 나를 발견하곤 병사들에게 소리쳤다.

“잡아라!”

“석궁을 발사하라!”

놀란 병사들이 석궁을 발사하며 달려왔다.

파바바박!

약간 탁 트인 공간이기에 놈들이 나를 알아보았고, 화살이 내가 있는 나무를 사정없이 두드려 대었다.

'온다!'

그보다 더 문제는 마병갑을 착용한 스피릿 나이트 게슈린의 움직임.

마병갑 속에 들어 있는 마정석을 활성화시켰는지 엄청난 스피릿의 기운이 나를 향해 화살처럼 날아왔다.

팟!

더 이상 버틸 필요가 없었다. 힘차게 나무를 박찼다.

호흡을 통해 끌어올려진 내 모든 스피릿.

이제부터는 스피릿 나이트와 나와의 대결이었다.

퍼버버버벙!

몸을 날리는 순간 귓가에 들리는 강렬한 파괴음.

"모두 암습자를 쫓아라!"

악에 받친 게슈린의 음성.

어느새 상당한 거리를 압축하고 있었다.

'빌어먹을 마병갑!'

스피릿을 운용하며 있는 힘껏 숲을 달렸다.

쉬쉬쉬쉬쉬쉬쉭!

날카로운 나뭇가지가 사정없이 얼굴과 온몸을 때렸다. 그러나 멈출 수 없었다.

나를 쫓는 수십 명의 병사들과 잠깐 멈칫하는 사이 달려올 스피릿 나이트.

그저 죽을힘을 다해 달릴 뿐이었다.

'최소 20야기(분)에서 최대 30야기까지의 시간을 벌어야 한다!'

마병갑을 활성화시킨 스피릿 나이트의 최대 능력치.

스피릿 나이트는 나와는 달리 마병갑에 장착된 마정석의 힘을 받아 평소 몇 배 이상의 힘을 낼 것이다.

퍼버버벅!

달리는 와중에도 들리는 나뭇가지 부러지는 소리.

그놈이 쫓아오고 있었다.

'저놈을!'

숲의 악동 그램린처럼 잘도 나무 사이를 빠져나가는 습격자를 바라보며 게슈린은 스피릿을 바짝 끌어올렸다.

이틀 전, 몇몇 성장한 마을의 아이들이 비와 어둠을 타고 도망갔음이 파악됐다.

그런데 하필이면 그날의 야간 당직을 게슈린이 맡고 있었다. 그리하여 벌어진 사단.

평소 부하들에게도 냉정하기 그지없는 프로랄 준남작이 게슈린에게 상당한 꾸중을 하였다. 그 벌로 상인 샤이스를 호위하여 자작령으로 돌아가라는 명을 받았다.

분노의 숲을 들어와 세슬 마을까지 오느라 약 일주일간을 제대로 쉬지도 못한 게슈린.

마병갑을 소유한 스피릿 나이트였건만 부하들 앞에서 쪽 팔림을 당하였다.

더욱이 자작령에 돌아가서는 바로 광산 기술자를 비롯한 여러 기술자들까지 대동해서 다시 돌아와야 했다.

그런데 샤이스가 화살 공격을 당하였다. 요즘 안세스 자작의 특별한 신임을 받고 있는 상인 샤이스가 공격을 당한 것은 모두 다 호위기사인 자신의 책임.

거기에다 게슈린은 마병갑을 소유한 스피릿 나이트. 자칫 일이 틀어지면 마병갑을 호시탐탐 노리고 있는 헬퍼 나이트 에게 물려주어야 할 것이었다.

'반드시 저놈을 잡는다!'

"후욱! 후욱!"

마병갑이 활성화되는 순간, 감춰져 있던 마병갑의 갑옷들 이 마나를 머금고 전신을 완벽하게 보호해 버린다.

완벽하게 감춰진 투구 사이로 뜨거운 숨결을 토하는 게슈 린.

퍼버버버버벅!

마병갑과 같은 재질로 만들어져 순수한 스피릿의 기운을

담아내는 마병검이 앞을 막아서는 모든 것을 베었다.

그리고 게슈린은 마병갑에 장착된 4등급 마정석의 힘을 끌어올리며 거침없이 돌진하였다.

아무리 숲 속의 그램린이라 할지라도 마정석을 활성화시킨 스피릿 나이트에게는 어림없었다.

'흐흐흐!'

어느새 20미온으로 압축된 놈과의 거리.

열심히 도망치는 습격자의 등판이 마병갑 사이로 선명히 보였다.

파바바바바밧.

'마병갑이 저 정도였나!'

스피릿 홀에 있는 스피릿을 최대한 끌어올려 도망쳤다. 마을 사람들이 금기하였지만 나는 매일 밤마다 마을 밖으로 나가 숲을 달리고 검을 휘두르며 모든 스피릿을 다 사용해 버렸다.

그렇기에 숲에서의 질주가 자신있었건만, 달리는 와중에 느껴지는 따끔한 스피릿과 살기에 등골이 싸늘해졌다.

'시간을 벌어야 한다!'

죽음의 위험 속에서도 냉정한 이성이 활동을 하며 살기 위한 방편을 찾았다.

스윽.

오른손에 들고 있던 창을 어깨까지 들어 올렸다.

'스피릿을 활용한다!'

어머니가 전해준 스피릿 활용법에는 무기에 스피릿을 담는 방법도 있었다.

타다다다다닥.

오로지 앞만을 보며 달렸다.

"이얍!"

그리고 전방에 나타난 두터운 돌덩이 사이를 돌기 전에 있는 힘껏 창을 뒤로 날렸다.

쉬리리리리리릭!

바람을 가르는 창.

창끝에서 스피릿을 머금은 파란 기운이 햇살 사이에서 반짝였다.

쉬리리리릭!

"헉!"

있는 힘껏 놈의 뒤를 쫓다가 갑자기 날아오는 창.

엄청난 속도로 달리는 게슈린을 향해 빠르게 날아오는 창과 눈 깜짝할 사이에 조우하였다.

팟.

들고 있던 검으로 날아오는 창을 힘껏 후려쳤다.

의지와 생각만 할 수 있다면 평소보다 몇 배의 힘과 스피드를 낼 수 있는 마병갑의 공능.

게슈린의 머릿속에 그려진 상상대로 손이 움직였다.

캉!

카가가가가강!

"크윽!"

하지만 일어난 사태는 상상을 뛰어넘어 버렸다.

날아오던 창을 향해 날린 검은 창의 뒷부분만을 잘라내었고, 날아온 창은 게슈린의 흉갑에 그대로 작렬하였다.

'놈, 놈은 엄청난 스피릿을 보유하고 있다!'

날쌘 그램린같이 도망치는 놈은 스피릿 소유자. 더욱이 도망치는 와중에 정확히 스피릿이 깃든 창을 던질 정도로 운용력까지 뛰어난 자였다.

'살려둘 수 없다!'

분노에 이어 오기가 치솟아올랐다.

십오 년간이나 종자와 헬퍼 나이트를 거치고 나서야 얻은 마병갑.

소중한 마병갑의 흉갑에 조그마한 상처가 나 있었다.

파바밧!

어느새 50미온 이상 벌어진 거리. 흉포한 눈빛을 빛내며 게슈린은 마정석의 힘을 모조리 끌어올렸다.

쉬리리릭.

마정석 사용의 극대화.

이렇게 마정석을 극대화하여 사용하게 될 경우 얼마 정도의 딜레이가 발생하게 된다.

그러나 이것저것 생각할 겨를이 없는 게슈린.

흥분에 몸을 맡기며 여우를 쫓는 사냥꾼처럼 온 힘을 다해 달릴 뿐이었다.

"헉헉헉!"

벌써 20야기의 시간 정도가 흐른 것 같았다.

그러나 지치지도 않는지 게슈린이라는 놈은 무식하게 달려왔다. 마치 새끼를 죽인 자를 향해 달려드는 멧돼지처럼 거침없이 돌격해 오는 놈.

이미 거리는 20미온으로 다시 좁혀졌다.

숨이 턱까지 차올랐다.

놈 덕분에 스피릿 홀에 차 있던 모든 스피릿이 빠져나가고 있었다.

거친 숨과 함께 단내가 확확 풍겨 나왔다.

콰콰콰콰콰콰!

그 순간 들려오는 엄청난 굉음.

'헉! 여, 여기는 설마 절망의 폭포!'

마을의 사냥꾼들이 들려주었던 절망의 폭포.

높이가 수백 미온에 길이만 해도 1키온이 넘는다는 거대한 폭포. 귓가에 들려오는 폭포 소리에 순간 정신이 아득해졌다.

그러나 등 뒤로 따라온 놈 때문에 멈출 수도 없었다.

아니, 방향을 바꾸기에도 늦었다. 점점 가까워지는 놈과의 거리. 방향을 트는 순간 검에 맞아 바닥을 뒹굴 것이다.

휘리리링.

"아……!"

수많은 생각의 교차 속에 갑자기 나타난 수십 미온의 분지.

그리고 난생처음 보는 도도한 거대한 강물.

뚝, 발걸음이 멈춰졌다.

"헉헉……!"

동시에 뿜어지는 거친 숨결.

눈앞에 드리워진 거대한 강물에 모든 것이 멈춰 버렸다.

"크크크, 이곳까지 도망쳐 오다니. 이 생쥐 같은 새끼."

나와 같이 달려왔건만 숨이 차지도 않는지 또렷하게 말을 하는 놈.

"빌어먹을……."

욕설이 터져 나왔다.

"더 도망가 보시지, 이 죽일 놈의 새끼야. 감히 이 게슈린님을 사냥개 훈련시키듯 하다니. 곱게 죽이지는 않을 것이다. 호호호."

신과 정의의 이름으로 맹세한다던 기사도는 어디로 가고 입에 거친 욕을 담는 게슈린.

"휴우……."

길게 숨을 들이켜며 몸을 돌렸다.

'저, 저게 마병갑이구나.'

완벽하게 활성화된 마병갑을 처음 보았다. 도망치는 와중에는 뒤를 돌아볼 시간이 없었기에 이제야 눈으로 보는 마병갑.

확연히 달라져 있었다.

평소에는 가볍기 그지없는 플레이트 갑옷처럼 보였건만, 완전히 활성화된 마병갑은 낯선 웅장함을 자랑하고 있었다.

뼈대를 이루고 있던 기본 갑옷들이 마법으로 활성화되어 완벽하게 기사의 육신을 가리고 있었다.

두툼하게 튀어나온 흉갑과 견갑, 단단하게 잘 다듬어진 인간의 복근처럼 보이는 메일스커트.

거기에 목 부근부터 시작해서 가슴까지 내려온 헬름(머리 보호구). 눈까지 보호되는지 헬름 사이로 빛나는 놈의 눈빛은 마병갑과 비슷한 은은한 푸른빛이었다.

'완벽하게 전신이 보호되다니. 대단해!'

죽음의 위기 속에서 순수한 감탄이 터져 나왔다.

그런 마병갑의 왼쪽 흉갑 위에는 안세스 자작 가문을 나타내는 붉은 방패가 선명하게 그려져 있었다.

창.

허리에 차고 있던 검을 빼어 들었다. 어깨에 걸치고 있던 활은 진작 다 내동댕이치고 없었다.

"호오, 그 알량한 롱 소드로 나를 상대하겠다고?"

비웃음을 터뜨리는 게슈린.

"후후."

검을 가슴으로 치켜 올리며 같이 비웃음을 지어주었다.

어차피 죽을 거라면 남자답게 죽고 싶었다.

비굴하게 놈의 발아래 엎드려 생명을 구걸할 수 없었다.

어머니가 말하였다.

난 사자의 아들이라고.

"어린놈이 배포가 대단하구나. 흐흐흐."

저벅저벅.

내가 검을 들었음에도 비웃음을 지으며 천천히 걸어오는 놈.

'이놈이!'

마병갑을 믿고 나를 우롱하는 것이 분명했다.

"네놈이 제법 스피릿을 축적했다는 것은 알고 있다. 그러나 이곳까지 오면서 대부분 소진했을 것이다. 크크."

스피릿 나이트답게 모든 것을 꿰뚫고 있었다.

"마음껏 쳐봐라. 왜 마병갑을 걸친 스피릿 나이트가 무적인지 똑똑히 가르쳐 주마."

나를 우롱하기로 작정한 놈.

으드득.

이를 힘차게 깨물었다.

'죽일 놈.'

마병갑 중에서도 최하급인 슈인트 급을 사용하면서도 오만하기 그지없는 자. 마을에 같이 쳐들어왔던 준남작에게는 쩔쩔매던 놈은 나에게는 벌을 내리는 신처럼 굴었다.

강한 자에게는 약하고 약한 자에게는 강한 전형적인 인간 쓰레기였다.

"타앗!"

쥐꼬리만큼 남은 스피릿을 끌어올리며 놈을 향해 달려갔다.

그리고 힘차게 롱 소드로 놈의 목 부근을 내리찍었다.

깡!

"크악!"

손목에 느껴지는 엄청난 충돌음.

검을 떨어뜨리지 않기 위하여 두 손에 힘을 꽉 쥐며 물러났다.

'헉! 저, 저럴 수가!'

방금 내려친 힘이라면 단단한 멧돼지의 목이라도 단숨에 잘려질 위력이었건만 헬름의 턱받이에는 미세한 표시만 남았다.

스스스.

그리고 그 상처도 거짓말처럼 사라지고 있었다.

"크크크, 마병갑은 장착된 재생마법에 의하여 스스로 어지간한 상처는 치료한다. 네놈의 눈에는 이 갑옷이 일반 갑옷처럼 보이겠지만, 이 마병갑은 살아 있는 마법 생명체이다."

나도 익히 알고 있는 마병갑에 대하여 자랑을 늘어놓는 게 슈린.

"다시 한 번 기회를 주마. 그 기회 이후에 네놈은 이 세상 사람이 아닐 것이다."

저벅저벅.

다시 거리를 압축해 오는 게슈린.

주춤주춤 나도 모르게 걸음이 뒤로 물려졌다.

콰드드드드드드드!

그리고 귓가에 들려오는 엄청난 굉음의 폭포 소리.

도도하게 흐르는 저 강물의 뒷자락으로 절망의 폭포가 존재하고 있었다.

‘어머니……’

순간 떠오르는 어머니의 얼굴.

이런 꼴을 당하려고 지금까지 살아온 것이 아니다.

‘카론! 죽을 때 죽더라도 자랑스럽게 죽자! 어머니의 아들답게!’

이를 악물며 텅텅 빈 스피릿 홀에서 기운을 쥐어 짜내 모조리 끌어올렸다.

파스스스.

‘엇?’

그 순간 텅 빈 포스 홀에 살며시 스며들어 오는 낯선 기운.

‘마, 마나?’

그러했다.

들숨을 쉬며 대기 중의 스피릿을 끌어 모으는 순간, 심장 부근에서 조그마한 기운이 생성되며 스피릿 홀에 공급이 되는 것이었다.

‘스승님의 호흡법!’

극한 상황에 이르러 나도 모르게 스피릿 호흡법이 아닌 비슷한 마나 호흡법을 펼쳤다.

그러자 지금껏 단 한 번도 심장 부근에 모여지지 않던 마나들이 생성된 것이었다.

‘하필이면 이럴 때……’

중요한 깨달음의 순간.

만약 여기서 무언가 실마리를 찾는다면 타로칸 스승님의 소원인 샤피르 학파의 염원을 이룰 수도 있었다.

하지만 지금은 그런 한가한 순간이 아니었다.

피리릿.

마나가 스피릿에 합일되자 들고 있던 검에서 연한 푸른빛이 생성되었다.

"헛! 이, 이놈이!"

숨을 헐떡이던 내가 스피릿의 기운을 모으자 놀란 게슈린.

놈의 파란 눈에서 광망이 뿜어져 나왔다.

"잘가라, 애송이. 크크크."

쉬이이이익!

마병갑과 같은 재질로 만들어진 마병검이 허공을 갈라왔다.

눈에 보이지도 않는 엄청난 속도.

"얍!"

있는 힘껏 검으로 놈의 검을 막았다.

파강!

순간 힘없이 부러지는 롱 소드.

화끈.

아랫배에서 느껴지는 화끈한 느낌.

콰다다당!

검이 부러진 것과 동시에 느껴진 스피릿 홀 부근 아랫배의 화끈거림, 그리고 바닥에 사정없이 패대기쳐지기까지 한순간에 이루어졌다.

"클클클……."

귓가에 들리는 놈의 역겨운 비웃음.

덜덜덜 떨리는 손으로 바닥을 기었다.

'놈에게 죽을 수 없다. 차라리…….'

팅겨져 나간 덕분에 거대한 강과는 불과 2미온.

암벽으로 이루어진 밑으로 엄청난 포말을 일으키며 물살이 흘러가고 있었다.

'어머니…….'

주루룩 흐르는 눈물.

"으아아아아아아아아아아아아아아!"

있는 힘껏 세상에 포효를 터뜨리며 벌떡 일어나 물 위로 몸을 던졌다.

사자처럼 살라는 어머니의 말씀.

교활한 늑대에게 목숨을 맡길 수는 없었다.

풍덩!

느껴지는 차가운 강물.

콰드드드드드드!

귓가로 거친 물소리가 자장가처럼 들려왔다.

그리고 내 의식은 출렁이는 물살을 타고 그대로 깊은 수면 속으로 가라앉아 버렸다.

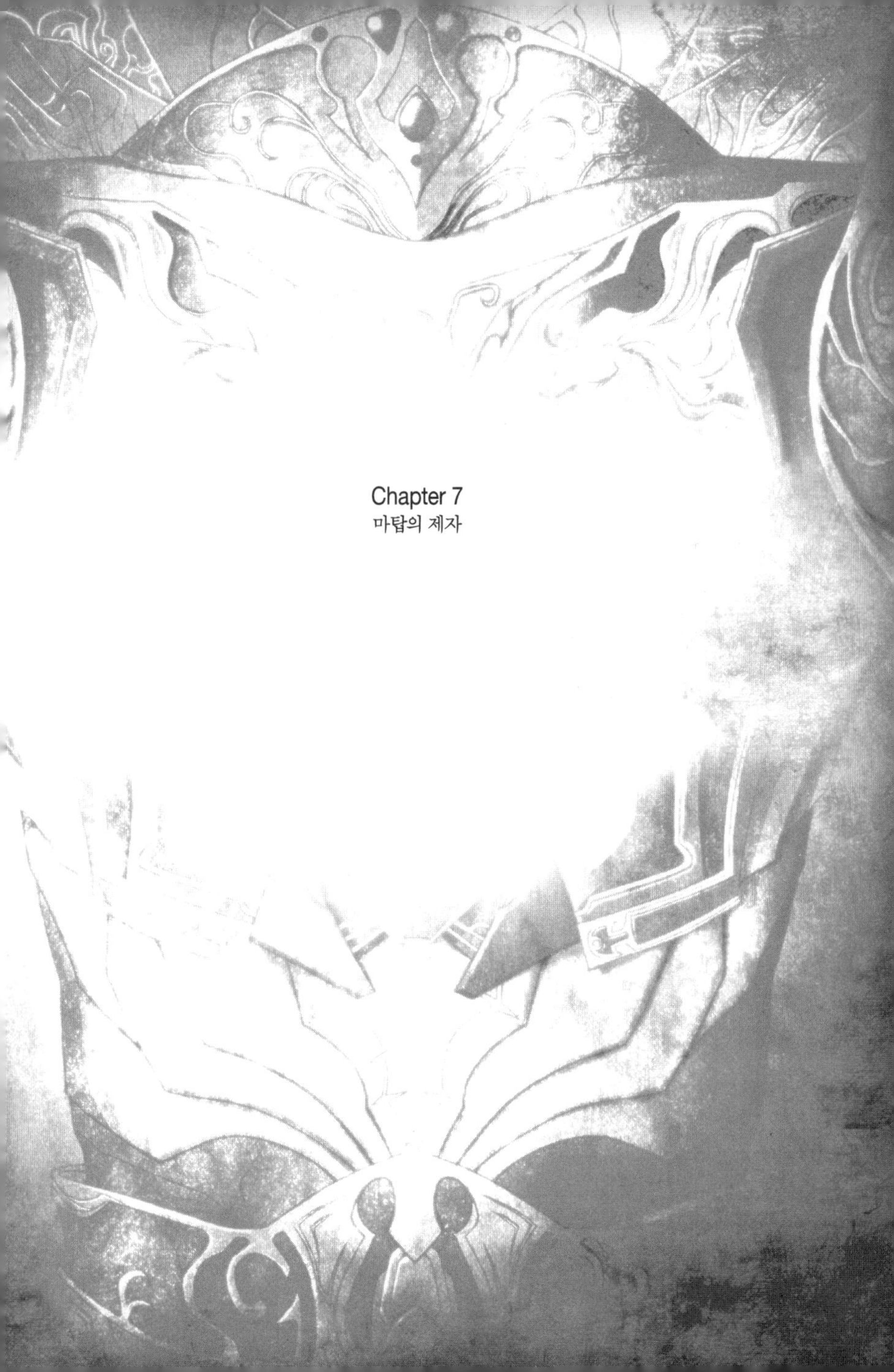

Chapter 7
마탑의 제자

“으으으……”

고통이 가물거리며 의식을 깨웠다.

“어머! 깨어나네? 할아버지, 깨어났어요! 할아버지!”

깨어나는 의식 속에서 들리는 소녀의 놀란 음성.

‘여, 여기는……?’

많은 것이 기억나지는 않았다.

개 같은 게슈린에게 치욕스러운 죽임을 당하지 않기 위하여 물속으로 몸을 날렸고, 엄청난 굉음 속에 물 위를 떠다니다 통나무 비슷한 것을 잡은 게 마지막 기억이었다.

그런데 들려오는 소녀의 목소리.

'죽지 않은 것인가.'

온몸이 부서질 것 같은 끔찍한 고통 속에서 나는 살아 있음을 알 수 있었다.

그리고 천천히 떠지는 눈.

'방?

제일 먼저 눈에 들어온 것은 세슬 마을의 내 방과 비교할 수 없을 정도로 깔끔하고 넓은 방의 천장이었다.

'침대?

그다음 두 번째로 느껴지는 것은 나뭇잎과 나무로 만들어진 내 침대가 아닌 푹신하고 깨끗한 침대와 이불의 느낌이었다.

덜컹.

방문이 열리는 소리가 들렸다.

"호오, 깨어났군. 지독한 중상을 입어서 목숨을 장담할 수 없었건만 다행이야."

듣기 좋은 맑은 노인의 목소리가 들렸다.

"호호호! 제가 그랬잖아요. 죽지 않을 것 같다고."

"마나가 살린 것 같구나."

내가 가는 눈을 뜨자 즐거워하는 두 사람.

'마법사?

머리를 양 갈래로 땋고 보조개가 피어 있는 귀여운 소녀와 함께 서 있는 노인.

꼬질꼬질 때가 묻어 있는 스승님 복장과 같은 마법사 복장이었다.

'6서클?'

거기에다가 놀라운 사실은 하얀 마법사 로브의 소매에 새겨져 있는 여섯 줄의 금줄 무늬.

마도사라 칭함을 받는 6서클 마법사였다.

"여, 여기는……. 크윽!"

나를 살려준 것이 분명한 사람들이었기에 몸을 일으켰다. 그러나 몸을 움직이는 순간 온몸에 느껴지는 지독한 고통.

입에서 절로 신음이 터져 나왔다.

"무리하지 말아라. 마나 덕분에 목숨은 건질 수 있었지만 몸은 엉망이다. 치료 마법을 받아 상처가 아물었지만 장기가 상했기에 당분간은 요상을 해야 할 것이야."

"호호호, 할아버지 말씀대로 해. 그러다 또 아프면 내가 힘들어져. 벌써 너 하나 때문에 일주일을 쉬었단 말이야."

이웃집 할아버지 같은 자상한 마법사의 말에 이어 소녀가 짤랑거리는 목소리로 입을 열었다.

'귀엽다…….'

세슬 마을에도 제법 예쁜 여자 아이들이 있었다. 그러나 같이 자라서 그런 것인지 전혀 이성으로 보이지 않았다.

그런데 내 앞에서 보조개를 지으며 밝은 웃음을 터뜨리고 있는 소녀를 보는 순간 마음 한쪽이 살짝 떨려왔다.

"올해 열다섯 살의 루이나야. 네 이름은 뭐야? 그리고 몇 살이야?"

호기심 많은 연한 하늘빛의 맑고 투명한 눈동자로 나를 바라보는 루이나라는 소녀.

"카론. 올해 열다섯이야."

"와! 나와 똑같은 나이네? 호호, 할아버지, 제 말이 맞았지요? 나랑 나이가 똑같잖아요. 내기에서 제가 이겼으니 약속 들어주셔야 해요?"

"허어, 내가 졌구나. 알았다. 약속은 약속이니까 들어줘야지."

"와아아! 그럼 마나 스태프에 마정석을 꽂아주시는 거예요?!"

'마정석!'

놀라운 이야기가 들려왔다.

아무리 최하급의 마정석이라 하더라도 그 값어치는 황금보다 수십 배는 더 비싸다 하였다.

그런 마정석을 작은 약속 때문에 박아준다는 것이 이해가 가지 않았다.

‘6서클 마법사라면······.’

각 왕국에서 귀중한 대우를 받는다는 고서클의 마법사. 6서클 마도사의 칭호를 받으면 그 대우는 상상할 수 없을 것이다.

“그래, 비록 6등급의 마정석이지만 너한테는 제법 유용할 것이다.”

사람 좋은 할아버지였다.

자세한 시세는 알 수 없었지만 6등급의 마정석이라 해도 일반인은 상상도 못할 가격일 것이다.

“으······!”

그들의 유쾌한 대화를 듣고 있는데 갑자기 복부에서 극심한 통증이 몰려왔다.

“음, 무리하지 말거라. 검에 스피릿 홀이 파괴되었다. 아마 한 달 이상은 보전해야 상처가 아물 것이다.”

‘크윽! 스피릿 홀이······.’

마법사의 말에 정신이 아득해졌다.

게슈린이라는 자의 마지막 일검에 엄청난 상처를 입은 것이다.

“그럼 자거라. 이야기는 내일 하자꾸나.”

자상하게 말을 꺼내면서 내 곁으로 다가오는 마법사.

“슬립······.”

귓가에 울리는 자그마한 마법 영창.

‘어…….’

순간 나의 눈은 나도 모르게 천천히 감겨 버렸다.

사라라라라락!

“아……!”

아름다웠다.

창문을 통해 들어오는 시원한 호수의 바람.

‘저것이 호수라니……. 말로만 듣던 바다라 해도 믿겠구나.’

지금 내가 서 있는 곳은 7층 마탑의 주인이자 칼로얀 드 루세프라 불리는 루세프 백작가의 마탑이었다.

내가 강물에 떠내려와 칼로얀 백작의 손녀인 루이나에게 발견이 되었다 하였다.

‘마탑… 대단하다.’

창문을 열면 바로 내려다보이는 거대한 호수의 풍경. 마탑의 5층에 머물고 있는 나는 난생처음 맛보는 평안에 얼떨떨하였다.

세슬 마을에서는 언제나 긴장의 연속이었고, 배고픔의 세월이었다.

단 하루도 몸을 움직이지 않으면 밥을 굶어야 했던 세슬 마을. 그러나 마탑에 머물렀던 지난 한 달 동안 나는 내 인생 최고의 휴식을 맛볼 수 있었다.

'캐슈란 왕국의 전임 궁정마법사였다고. 하아, 나도 이제 마법을 꿈꿔야 하는가.'

재수없게 게슈린이라는 자의 일격에 스피릿 홀이 있던 하복부가 찢겨졌고, 물에 떠내려 오면서 바위에 부딪쳐 상처가 크게 악화되어 버렸다.

그런 까닭에 상당히 모았던 스피릿이 대부분 사라져 버렸다. 아니, 억지로 포스를 운용하는 순간 아랫배가 뜯겨져 나가는 듯한 고통을 맛보았다.

그리고 주어진 선택.

어제 이곳의 주인 칼로얀 백작이 찾아왔다.

자상한 백작은 지난 한 달간 내가 말해줄 수 있는 모든 것을 알아내고 나에게 선택권을 주었다.

이제 거의 나은 상처.

이대로 세상에 나갈 것인지, 아니면 자신에게서 마법을 배워서 이곳에 남을 것인지 말이다.

'레포르 학파는 수 계열을 중점적으로 수련하는 학파라 하셨지.'

타로칸 스승님에게 마법의 전반적인 지식에 대하여 많은 것을 배웠다.

그중에 알게 된 마법학파의 갈래.

깨달음을 통한 서클을 일순위에 놓고 마나 축적을 그다음
으로 삼는 카젤 학파.

마나 축적을 먼저 이루어놓고 그다음 깨달음이라는 이론
을 따르는 라피스 학파.

그리고 깨달음과 함께 마나 축적도 동시에 병행해야 한다
는 아즈네 학파가 마법학파의 세 분류라 하였다.

그중에서도 마법사들의 반수 이상이 따르는 서클 위주의
카젤 학파는 다시 세분화하여 수 계열 레포르 학파와 풍 계열
다루니 학파, 화염 계열 푸세스 학파, 대지 계열 자이렌 학파
로 나누어진다 하였다.

'선택의 여지가 없다. 아니, 이보다 좋은 기회는 없다!'

스피릿 나이트가 아니라면 다음에 선택할 것은 마법밖에
없었다. 다행스럽게 목숨이 경각에 놓인 상태에서 찾아온 마
나 덕분에 생명의 구함과 함께 마법을 배울 수 있는 기회를
얻은 것이다.

'그런데 마나를 느낄 수 있다는 것이 정말 그렇게 힘드
나?'

스피릿은 어지간한 둔재만 아니라면 호흡법을 따라 어느
정도 몸에 축적할 수 있었다.

그러나 마나는 절대적인 감응 능력이 없다면 축적이 불가
능하다 하였다.

‘이곳에서 힘을 기를 것이다. 그리고 반드시 그놈들을 내 손으로 처리할 것이다!’

평화로운 세슬 마을을 점령한 안세스 자작가의 기사들과 병사들, 그리고 상인 샤이스.

내 손으로 벌을 내려야 할 자들이었다.

똑똑.

“나, 루이나야. 들어갈게.”

덜컹.

노크 소리와 함께 들려오는 맑은 루이나의 목소리. 방문이 덜컹거리며 열렸다.

“호호호, 카론, 보이는 것보다 더 감수성이 예민한가 봐? 매일 호수만 바라보고 있게.”

‘루이나⋯⋯.’

내 생명의 은인이자 칼로얀의 하나뿐인 손녀.

칼로얀 백작이 왕실에 머물며 궁정마법사 노릇을 하고 있을 때 루이나는 부모와 함께 동부 해안에서 살고 있었다고 한다.

6서클 마도사 칼로얀 덕분에 남작위를 받은 루이나의 아버지.

평화롭게 살고 있던 어느 날 해상제국 유비타온의 하수인이라 불리는 해적들에게 죽임을 당하였다고 한다.

칼로얀과는 달리 마나 감응력이 뛰어나지 못하였던 루이나의 아버지는 해적들에게 처참한 죽임을 당한 것이다.

그 당시 아궁이에 숨어 간신히 살아남은 루이나는 그 충격에 궁정마법사 직을 버리고 이곳에 은거한 할아버지 밑에서 마법을 배웠다 하였다.

'저 나이에 벌써 3서클을 넘보다니. 대단해.'

할아버지를 닮아 마법적 재능이 뛰어난 루이나. 보면 볼수록 감탄이 흘러나왔다.

"왜 그런 눈으로 봐? 뭐라도 묻었어?"

언제나 꾸밈없고 밝은 루이나. 내가 빤히 쳐다보자 자신의 옷차림을 살폈다.

"아니야. 그냥 보고 싶어서."

"피이, 그게 무슨 말이야. 레이디에게 그런 말은 실례야."

"어?"

평범한 말에도 레이디를 운운하는 루이나.

할아버지가 백작이건만 절대 귀족가의 자식이란 티를 내지 않았다.

인자한 칼로얀 백작의 피를 그대로 이은 것이다.

"이제 그만 밖으로 나가자. 호호, 오늘부터 신나게 구경시켜 줄게."

자신이 발견해서 나를 살려준 인연 때문인지 유독 나에게 친절한 루이나.

입가에 보라색 봄꽃 같은 미소를 짓고 있었다.

'드디어 밖으로 나가보는 것인가.'

한 달 동안 방에서 꼼짝 말고 휴양하라는 백작의 지시에 5층 아래로 내려간 적이 없었다.

각 층마다 전용 목욕탕과 화장실이 있었기에 내려갈 일이 없기도 했다.

"그런데 정말 신기해. 일반 평민들은 홀로 마나를 느낄 수 없다 했는데, 너는 어떻게 마나를 가슴에 담을 수 있었어?"

루이나가 신기한 눈빛으로 나를 바라보았다.

'미안하다, 루이나.'

루이나의 질문에 진실을 말할 수 없었다.

마법계의 이단아 샤피르 학파는 모든 마법학파로부터 경멸을 받았고, 척결 대상으로 불리기까지 한다고 스승님이 말씀해 주셨다.

그렇기에 모든 것을 진실대로 말할 수 없었다.

분노의 숲 속 자유마을에 살다가 사냥에 나섰다 오크에게 쫓겨 강물에 빠졌다고 둘러댔다.

생명을 살려준 은인들이었지만 나는 거짓말을 할 수밖에 없었다.

타로칸 스승님께 내 이름으로 약속하였다.

샤피르 학파의 이론이 틀리지 않았음을 온 세상에 알리겠노라고 말이다.

"그냥… 그랬어."

사실 그냥 그랬다.

타로칸 스승님의 마나 호흡법이 어머니가 가르쳐 주신 스피릿 호흡법과 비슷하였기에 벌어진 상황.

무어라 더 설명할 게 없었다.

"피이, 어디 가서 그런 소리 하지 마. 할아버지 밑에서 수련하는 분들이 알면 심장을 해부할지도 몰라."

귀여운 입술을 살짝 내밀며 충고를 해주는 루이나.

"응, 알았어, 루이나. 그 마음 고마워."

"호호, 고마워하라고 한 말은 아니야. 어서 준비해. 어서 나가자. 샤빌 호수에서 불어오는 바람이 너무나 시원해."

여자용 새하얀 견습 마법사 복장을 걸치고 있는 루이나.

마법사들의 전설에 나오는 인간 중 유일하게 8서클 대마도사에 오른 마법여왕 안젤리카의 모습 같았다.

"헉……!"

동굴 속 드워프라는 속담이 갑자기 생각났다.

평생 동굴 속에서 나오지 못한 드워프가 세상의 전부가 그곳이라 생각했다는 속담의 의미.

지금 내가 딱 그 짝이었다.

'마탑이 저렇게 크다니!'

매일 방 안에서 바라보던 마탑은 내 빈약한 상상 속에서 만들어진 신기루였다.

그런 신기루가 눈앞에 모습을 나타내자 할 말을 잃었다.

7층 높이의 거대한 마탑.

대충 잡아도 높이가 50미온은 넘어 보였다.

거기에 밑둥 둘레가 수백 미온은 되는 것 같았다.

"호호, 카론. 너무 그렇게 바라보지 마. 딱 촌놈 같잖아."

입을 쩍 벌리고 바라보는 내 모습에 장난스러운 웃음을 터뜨리는 루이나.

귀에 거슬리지 않았다.

난 정말 산에서만 살아온 산 촌놈이었다.

'성벽도 존재하다니. 역시 캐슈란 왕국의 백작가란 말인가.'

많은 것은 알지 못했지만 타로칸 스승님에게서 들었던 대륙의 왕국들에 대한 정보.

세월이 조금 흐른 정보였지만 별로 달라진 것은 없는 것 같았다.

그리고 내 눈에 보이는 백작가의 성벽.

호수가 보이는 내 방 쪽과 달리 반대편은 높이 10미온은 되어 보이는 거대한 성벽이 둘러싸여져 있었다.

또한 성벽 위에는 활과 창을 들고 하프 아머를 걸친 병사 수백여 명이 철통같이 수비를 하고 있었다.

"어디를 갈까? 음, 오늘 마을에 한번 나가볼까?"

"마을?"

"호호, 그래. 수도에 비교할 수는 없지만 제법 볼거리가 많아."

"좋아."

언제나 활달하고 밝은 성격의 루이나.

보는 이로 하여금 미소 짓게 만드는 매력이 있었다.

"자랑은 아니지만 우리 영지는 범죄가 거의 없어. 사람들이 대부분 물고기를 잡아서 생활하기 때문에 먹을 게 많아. 그리고 할아버지는 영지 경영에 그리 관심이 없으셔. 대충 마탑이 운영될 수 있는 비용만 세금으로 거두셔."

루이나가 자랑스럽게 칼로얀 백작을 칭찬하였다.

'정말 그런 것인가.'

믿을 수가 없었다.

세슬 마을에 있던 마을 사람들 모두 말하기를, 귀족들은 백성의 피를 빨아먹는 흡혈 몬스터와 다를 바가 없다고 하였다.

죽지 않을 정도의 식량만 남겨주고 모든 것을 착취해 가는 귀족들.

거기에 자유도 없기에 사람들은 죽음을 무릅쓰고 도망을 쳤다 하였다.

"마차를 타고 가자. 그냥 나가면 기사단장인 아베루 아저씨가 뭐라고 하셔."

루이나의 말에 고개를 끄덕였다.

태어나 처음 말과 나귀를 본 것도 세슬 마을의 침략자들 덕분이었다. 그런 나에게 있어 마차 또한 상상 속의 물건이었다.

"하피르 아저씨! 마차 좀 준비해 주세요!"

그때 루이나가 손을 흔들며 누군가에게 큰 소리로 말했다.

"네, 아가씨! 바로 준비해 드리겠습니다!"

저 멀리 마구간으로 보이는 곳에서 한 남자가 큰 소리로 대답하였다.

'응! 저, 저것은?'

루이나에게서 고개를 거두어 사방을 둘러보고 있을 때, 내 눈에 들어오는 한 남자.

'마병갑! 스피릿 나이트!!'

루이나와 나를 향해 가벼운 발걸음으로 다가오는 한 남자는 놀랍게도 마병갑을 소유한 스피릿 나이트였다.

"와! 귀신같이 나타나셨네. 호호, 저분이 바로 이 영지의 기사단장이신 아베루 경이셔. 미라쥬 급 마병갑을 소유하신 스피릿 나이트시기도 하고."

미라쥬 급 마병갑.

마병갑의 기본 설계도를 작성한 마법사의 이름을 따서 만든 마병갑의 분류.

비록 같은 미라쥬 급이라 해도 미스릴의 함량이나 마법진을 제작한 마법사의 능력, 합금의 조합, 마정석의 능력 등등, 여러 가지로 분류할 수 있었다.

그러나 미라쥬 급은 기본적으로 SP지수 500을 넘어서야만 착용할 수 있는 마병갑이었다.

"하하하, 루이나, 또 어디를 가느냐? 이제 봄도 다 지나갔거늘 아직도 봄바람에 마음이 싱숭생숭한 것이더냐?"

"아베루 아저씨, 여린 소녀의 마음도 몰라주고 너무해요! 그러니까 아직 장가도 못 가셨죠!"

제법 토라진 모습을 보이는 루이나.

"하하, 못 간 게 아니라 안 간 거지. 백작님 뒷수발해야지, 우리 꼬맹이 아가씨 루이나도 챙겨야지. 내가 시간이 나야 연애를 하든지 그러지."

"피잇! 할 말 없으시면 매일 그 핑계만 대시더라."

50대 초반 외모에 사각형의 턱을 가진 용맹한 기사처럼 보이는 스피릿 나이트 아베루 경.

'역시 마병갑은 스피릿 나이트란 말인가.'

루이나와 대화를 나누는 중에도 나를 향해 차가운 관찰의 눈빛을 보내는 아베루였다.

"이 친구가 마나를 가슴에 품고 있었다는 루이나의 샤베토 인가?"

"샤, 샤베토가 아니라 내 친구 카론이에요, 카론!"

샤베토.

생명을 구해준 자에 대하여 목숨을 바쳐야 하는 생명의 인과율의 관습.

이미 오래전 사라진 관습이었건만 사람들은 생명을 구함받은 자에 대하여 샤베토라는 말을 종종 썼다.

"카론, 반갑네. 난 루세프 백작가를 책임지고 있는 아베루라고 하네."

"카론이라고 합니다, 아베루 기사님."

확실히 특이한 영지였다.

우리 마을을 습격한 안세스 자작가의 기사들은 일반 평민을 종 취급했건만 아베루 경이라는 사람은 그런 눈빛이 없었다.

"아가씨, 마차가 다 준비되었습니다요!"

히이이잉!

그때, 마구간에서 하피르라는 자가 힘껏 소리쳤다.

“봄의 여신 아피스님의 은총을 듬뿍 받은 레이디 루이나 양, 그럼 잘 놀다 오도록 하게. 괜히 젊은 친구 구박하지나 말고.”

“흥! 아베루 아저씨 바보!”

아베루의 말에 흥 소리를 내며 등을 돌리는 루이나.

“그럼 다음에 뵙겠습니다.”

사람 좋아 보이는 아베루 경을 향해 고개를 숙였다.

“우리 영지는 조용한 곳이네. 부디 영주님의 은혜를 잊지 말게.”

그런 나를 향해 의미심장한 말을 던지는 아베루 경.

나는 등을 돌려 루이나의 뒤를 따랐다.

모든 것이 특이하지만 평안한 루세프 백작가.

싱그러운 호숫가의 바람처럼 내 마음에 쏙 들었다.

“어때? 볼만하지?”

“대, 대단하다!”

백작가를 상징하는 교차하는 할버트 문양의 깃발을 꽂은 마차. 그 안에서 보이는 마을의 광경에 대단하다는 말밖에 할 말이 없었다.

있는 것이라고는 몬스터와 맹수, 그리고 산밖에 없던 세슬 마을과 비교 자체가 안 되는 루세프 백작가의 외성 마을.

호숫가를 끼고 있는 마을은 족히 수천 채의 집이 빼곡히 들어서 있었다.

"우리 루세프 백작가가 비록 캐슈란 왕국에서 가장 작은 규모이긴 하지만, 백성들이 가장 살기 좋은 곳이야. 백작가의 30만 백성들 대부분 굶어 죽지는 않아."

"3, 30만!!"

손으로 꼽아도 상상할 수 없는 숫자.

"호호, 정말 카론은 순진하구나. 다른 백작가는 100만이 넘는 영지민을 보유한 곳도 있어. 내가 듣기로 자베스 공작가는 영지민의 숫자가 200만이 넘는다고 했어."

'200만…….'

더 할 말이 없었다. 아무리 내가 동굴 속에 사는 드워프 같다고는 하지만 감히 상상할 수 없는 사람의 숫자는 질리기에 충분했다.

'그럼 제국을 비롯한 모든 대륙의 인간들은 얼마란 말이야?

찾을 수 없는 해답.

생각하고 싶지 않은 숫자에 고개를 저었다.

"다 왔다. 내려. 우리 마을에서 가장 볼만한 곳이야."

"응."

미리 내려진 루이나의 명에 의해 정해진 목적지에 도착하였다.

철컥.

마차가 멈추자 마차의 문이 열렸다.

"내리십시오, 루이나 아가씨."

마차를 호위하고 있던 말 탄 병사 십여 명 중 한 병사가 다가와 문을 열었다.

"웅."

병사의 말에 마차에서 내리려는 루이나.

"카론, 그런데 너무한 거 아냐? 레이디가 내리는데 손도 안 잡아주고."

"어? 손?"

갑작스럽게 나를 살짝 쏘아보는 루이나.

'에휴, 배운 게 있어야지.'

세슬 마을의 제일 현자라는 타로칸 스승님에게 레이디를 접대하는 방법은 없었다.

아니, 제법 많은 세상 밖의 이야기를 들었건만 막상 나와 보니 별 쓸모 없는 것들이 대부분이었다.

연구만 하던 마법사 타로칸 스승님께 왠지 배신감이 들었다.

탁.

반대편의 마차 문을 열고 바닥에 내려 루이나 쪽 문으로 향했다.

스윽.

그러자 루이나는 마차 안에서 손을 내밀었고, 나는 그 손을 잡아서 루이나가 마차에서 내릴 수 있도록 도와주었다.

'그런데 왜 내가 손을 잡아줘야 하는 거야?'

마차에서 지상과는 얼마 되지도 않는 거리였다.

충분히 자기 발로 내릴 수 있건만 레이디를 운운하며 손을 잡아주기를 청하는 루이나.

내성 안에서 보였던 말괄량이 같은 표정은 어느새 사라지고 없었다.

처저저적!

"아가씨를 뵈옵니다."

어느새 마차 주변으로 몰려와 절도있는 경례를 올리는 수십 명의 병사들.

외성의 치안을 담당하는 병사들인 것 같았다.

"오늘도 수고가 많아요."

장난스러운 표정 대신 백작가의 레이디로서 위엄을 보이는 루이나.

스승님께서 하신 여자의 변신은 죄가 없다라는 말을 이제야 어설프게 알 것 같았다.

'그러고 보니 지금 나는 마법사로서 특혜를 받는 것이군.'

　병사들로부터 위엄있는 모습을 보이는 루이나가 나에게 친절한 이유를 조금은 알 것 같았다.

　비록 루이나가 나를 발견해서 구해줬기에 구원자로서 마음이 더했겠지만 심장에 웅크리고 있는 마나가 어느 정도 호감을 증대시키는 역할을 했을 것이다.

　마법사.

　그것은 개나 소나 다 되는 것이 아니었다.

　그렇기에 마나에 소질이 있는 자는 엄격한 신분제 사회에서도 귀족이 될 수 있는 특권을 받는 것이다.

　"카론, 어서 가자. 여기 어시장에는 없는 고기가 없어. 호호."

　'어시장?

　태어나서 물고기를 본 적이 없었다.

　분노의 숲의 깊은 산속에서 살다 온 나였기에 세상은 모든 것이 신기한 존재들뿐이었다.

　"아가씨를 보호하라."

　"충!"

　병사들을 이끄는 일반 기사가 명을 내리자 그 명에 충을 외치는 병사들.

　날 선 할버트를 들고 루이나와 나를 보호하였다.

　척척척.

발맞추어 5미온 정도 떨어져서 행군하는 병사들.

그 사이를 루이나와 나는 걸었고, 마주치는 평민들은 고개를 깊숙이 숙이며 루이나에게 예를 표했다.

'이것이 귀족이구나.'

세슬 마을에 자작가의 기사들과 병사들이 들이닥쳤을 때 보였던 마을 사람들의 태도.

이제야 이해가 갔다.

"저 물고기가 레쉬피야. 호호! 아귀가 몸통보다 큰 게 아주 무섭게 생겼지? 그런데 수프를 끓이면 정말 시원하고 맛있어."

루이나가 말했던 어시장.

정말 컸다.

세슬 마을보다 몇 배는 큰 어시장에는 수많은 사람들이 몰려들어 있었다.

물고기를 파는 사람, 큰 나무 그릇에 물고기를 가져오는 사람, 한두 마리 고기를 사기 위하여 흥정하는 사람 등등.

그동안 나는 낯선 세계에 떨어져 살아온 존재처럼 느껴졌다.

"신속하게 물고기를 마법 서장고에 남아라. 5일 후에 연회에 사용될 귀한 재료들이다!"

'마법 저장고?'

　그렇게 병사들의 호위를 받으며 시장을 구경하고 있는 사이, 그리 멀지 않는 곳에서 커다란 음성이 들려왔다.

　"샤빌 호수에서 잡아들이는 물고기를 주변 영지에 공급하는 상인들이야. 모두들 냉동 유지 마법이 걸려 있는 마법 물품들을 사용해. 대부분 레포르 학파에서 만든 마법 아이템들이야."

　'마법을 실생활에서도 응용하다니! 휴우, 앞으로 배울 것이 너무나 많구나.'

　지금껏 스승님께 들었던 마법은 이런 것들이 아니었다. 마법에 필요한 수많은 공식을 배웠지만 마법 주문이나 응용에 대해서는 거의 배우지 않았다.

　샤피르 학파의 마나 호흡법과 마법 공식만으로도 상당한 시간을 빼앗아갔던 것이다.

　"아니, 루세프 백작가의 루이나님이 아니신지요?"

　"호호, 오늘도 바쁘시군요. 지에스 상단은 언제나 바쁜 것 같아요."

　"모두 다 백작님 덕분입지요. 이번에도 특수 마법 아이템을 공급해 주어서 수도에까지 영역을 넓힐 수 있었습니다. 정말 감사드립니다."

　허리를 깊숙이 숙이는 지에스 상단의 상인.

　"감사는 저희 할아버지에게 하세요. 제가 한 일은 아니랍니다.”

어린 나이건만 상인과 능수능란하게 대화를 해가는 루이나의 모습에 마음속에 작은 충격이 일었다.

아니, 솔직히 심한 자극을 받았다.

어머니가 밝히지 못한 아버지의 모습.

뛰어난 스피릿 나이트였음에도 세슬 마을까지 쫓겨 와 살아야 했던 어머니.

언젠가 힘을 얻어 아버지의 모든 것을 알아챘을 때를 대비해야 했다.

세슬 마을에서는 언제나 모든 것에서 최고였건만 이곳에서는 아무것도 모르는 일개 소년.

배움에 대한 목마름이 가슴을 활활 불태웠다.

“오오! 이게 누구야? 우리의 영원한 레이디가 아니신가.”

“하하, 이런 곳에서 루이나를 다 보다니 오늘은 해가 서쪽에서 뜨겠군.”

“어머! 선배님들……!”

갑작스럽게 나타난 한 무리의 사람들.

‘마법사들!’

놀랍게도 루이나에게 반말을 던지는 자들은 대부분 정식 마법사 복장을 걸친 마법사들이었다.

‘마탑에 머물고 있는 마법사들이다!’

루이나의 입에서 선배라는 말이 나왔다.

그 말은 칼로얀 마도사를 스승으로 모시고 있는 레포르 학파의 제자들이라는 소리였다.

"그런데 이 잘생긴 청년은 누구지?"

"루이나, 혹시 우리가 세비스 섬에 들어가 수련하는 동안 봄바람이 난 것은 아니겠지?"

"에이, 설마 그러겠습니까. 우리를 놔두고 루이나가 그러면 배신이지요."

짓궂은 농을 꺼내는 마법사들.

'나이도 얼마 되지 않았건만 모두 정식 마법사라니.'

새하얀 마법사 복장을 걸치고 푸른 수정이 박혀 있는 마나 스태프를 들고 서 있는 마법사들.

정식 마법사를 상징하는 세 줄의 황금 실이 팔에 수놓아져 있었다.

"아, 아니에요. 여기 있는 카론은 제가 한 달 전에 목숨을 구한 친구예요."

"친구? 그럼 어느 가문의 자제인가?"

루이나의 물음에 갑자기 물음을 던지는 한 마법사.

나타난 다섯 명의 마법사 중 가장 어린 마법사였으며, 조금은 오만한 모습이 얼굴에서 보였다.

"귀족 가문의 자제가 아닙니다. 저는 분노의 숲에 있는 자유마을에서 왔습니다."

루이나가 멈칫하는 순간 조용하면서도 담담하게 입을 열었다.

"분노의 숲은 탈주한 농노들과 반역의 무리만 있는 곳인데… 네놈의 부모는 농노거나 반역자겠구나."

내 말이 끝나기가 무섭게 인상을 쓰며 나를 노려보는 마법사.

"벨루트 선배, 말이 좀 심한 것 아니에요? 카론은 마나를 가슴에 담을 수 있는 아이예요. 마법사들에게 그보다 중요한 게 어디 있어요? 그리고 카론은 할아버지가 제자로 받아들이기로 한 아이네요. 후배로서 대해주셨으면 고맙겠어요."

"허억! 마나를 심장에 담아?"

"마나를 느낄 줄 안다, 이거지?"

"하하하! 이거 새로 들어온 후배에게 미안하게 되었네. 벨루트, 사과해라. 말이 좀 심했다. 그렇게 따지자면 우리 부모님도 평민이니 나도 평민이라는 소리밖에 안 되지 않느냐."

그 순간 호탕한 웃음을 터뜨리며 키가 큰 금발의 남자가 벨루트라는 자에게 사과하라고 명했다.

"알, 알겠습니다. 카론이라고 했나? 미안하다. 난 벨루트라고 한다."

마지못해서 인상을 쓰며 사과를 한 뒤 이름을 밝히는 벨루트.

"난 자이콥이라고 한다. 앞으로 잘해보자, 새로운 후배."

"난 두레안이라고 한다. 한번 지켜보겠다."

"세루반이라고 한다."

"호호, 난 미즈란이라고 해. 앞으로 잘 부탁해, 귀여운 후배."

벨루트에게 명을 내린 자이콥이라는 마법사가 입가에 미소를 지으며 자신의 이름을 밝혔다.

그 뒤를 이어 나머지 사람들도 자신의 이름을 알려주었다.

"카론이라고 합니다. 앞으로 잘 부탁드리겠습니다."

공손히 고개를 숙였다.

'저자가……'

인사를 하고 고개를 드는 순간 나를 싸늘하게 비웃는 표정으로 바라보는 벨루트.

앞으로도 그리 친하게 지낼 수 있는 자는 아닌 것 같았다.

분노의 숲에서 배운 한 가지.

친구 아니면 모두 적이었다.

"그런데 선배님들, 수련을 모두 마치셨나요?"

분위기를 바꾸기 위해 서둘러 입을 여는 루이나.

"크윽, 수련 이야기는 탑에 가서 하자꾸나."

"루이나, 너도 곧 세비스 섬의 수련장에 올 날이 얼마 남지 않았다. 그동안 많이 놀다 와라."

"아이, 이 피부 상한 것 좀 봐. 진주 가루 팩이라도 해야겠어."

루이나의 말에 질린 얼굴을 하며 고개를 젓는 마법사들.

'세비스 수련장?

아직은 많은 것을 알지 못했다.

그러나 분위기상 그곳이 마법 수련과 연관이 있음은 알 수 있었다.

"루이나, 그런데 탑에 돌아가지 않을 것이더냐? 오래간만에 우리 못다 한 이야기를 해보자꾸나."

"난 이야기보다는 내 방에 가서 못다 잔 잠이나 자야겠습니다."

"요즘 유행하는 액세서리가 뭐지? 석 달 만에 세상에 돌아오니 마음이 새롭네."

마법사들이 앞 다투어 자신이 하고 싶은 일들을 끄집어냈다.

"호호, 아니에요. 카론에게 어시장을 구경시켜 주고 싶어서 왔어요. 대충 둘러본 것 같으니까 돌아가도록 하죠. 저도 선배님들께 묻고 싶은 것이 많답니다."

학문적 호기심에 눈을 반짝이는 루이나.

마법을 배우기에 좋은 자세였다.

"그럼 같이 돌아가도록 하지. 분명 루이나가 걸어서 왔을 리는 없으니 오랜만에 마차나 한번 타보지."

"하하, 좋습니다!"

모두들 한 형제 같았다.

그리고 그렇게 루이나와 마법사들과 함께 돌아왔다.

오는 내내 마법 이야기를 하며 웃음꽃을 피우는 그들.

새로운 희망이 가슴에서 꿈틀거렸다.

똑똑.

"들어오게."

'휴우……!'

루이나와 마탑으로 돌아온 직후, 나는 칼로얀 백작의 부름을 받았다.

약속한 한 달간의 시간.

이미 루이나는 내가 백작의 제안을 당연히 승낙했을 것이라 알고 있었지만 백작은 아직 모르고 있었다.

끼이익 소리를 내며 백작의 집무실 겸 연구실 문이 열렸다.

'헉! 대단하다!'

방으로 들어서는 순간 절로 감탄성이 터져 나왔다.

마탑의 7층을 홀로 쓰는 칼로얀 백작의 방.

거대한 넓이의 집무실 겸 연구실에는 보도 듣도 못한 마법 물품들이 수없이 들어서 있었다.

'저게 다 마법 서적이란 말인가!'

또한 집무실의 사방 책장에 가득 들어서 있는 책들.

모두 다 룬 어로 저술된 마법 서적이었다.

'허어억! 저, 저것은!'

그리고 널따란 책상 위에 앉아 있는 백작을 바라보는 순간 나는 그대로 얼어붙는 충격을 받았다.

백작의 오른편에 걸려 있는 갑옷 하나.

'마병갑! 그럼 저것은 설마 마법사용 마병갑!'

스피릿 나이트라 불리는 기사들이 사용하는 마병갑에 대응하는 마법사들만의 마병갑이었다.

전투 시 마병갑을 착용한 스피릿 나이트들의 물리적 공격에 대비하고, 상대편 마법사들의 공격을 차단하기 위하여 마병갑에 마법을 저장한 마법사들만의 마병갑.

스피릿 나이트들의 마병갑과 달리 따로 구분을 하지 않지만 마병갑에 저장된 마법의 숫자와 마정석의 등급으로 그 마병갑의 상하를 판별하였다.

특히 마법사용 마병갑은 마법적 저항력이 월등히 강하여 동일 서클의 마법사와의 결전에서는 절대 우위를 갖는다 하였다.

마병갑 착용 마법사와 미착용 마법사는 싸움이 될 수 없는 것이다.

'아름답다!'

눈을 뗄 수가 없었다.

게슈린이라는 자가 착용했던 슈인트 급 마병갑을 보았지만 그것과는 비교할 수 없을 정도로 매혹적이었다.

마법 금속 미스릴에 무언가 합금이 되었는지 전체적인 은빛의 갑옷 위에 금빛이 은은히 배어 나왔다.

거기에 마법사의 마법 사용을 위하여 단순하면서도 유연한 연결 부위들.

특히 갑옷 위에 그려진 마법진은 지금도 마나를 머금고 영롱한 빛을 뿌리고 있었다.

"하하, 카론, 마병갑이 아름답다고 생각하는가?"

"네? 네에. 정말 아름답습니다, 백작님."

호탕한 웃음을 짓는 칼로얀의 말에 고개를 끄덕였다.

"이 마병갑에는 6서클 대범위 마법 공격인 아이스 블레스터가 내장되어 있지. 거기에다가 내장되어 있는 마정석은 3등급 마정석에다가 총 네 가지의 공격 마법, 그리고 베리어라 불리는 방어 마법이 내장되어 있어. 6서클 소유자의 마나와 마정석의 힘이라면 능히 6서클 마법도 마법 수식 없이 5회 이상 펼칠 수 있다네."

자신이 보기에도 감탄스러운지 자랑스러운 눈빛으로 마병 갑을 바라보는 칼로얀 백작.

"내 스승님이 물려주신 거지. 레포르 학파의 주류를 상징하는 마병갑 센티얼스를 보잘것없는 나에게 물려주신 게야."

6서클 마도사의 칭호를 받으면서도 자신을 보잘것없는 자라 칭하는 백작이었다.

'센티얼스……'

스피릿 나이트가 소유한 마병갑도 착용하기 위해서는 일정 이상의 스피릿 포인트를 요구하였고, 마법사용 마병갑도 일정 이상의 자격을 요구하였다.

바로 마병갑에 새겨진 마법진과 동일한 서클을 이루어야 하는 것이다.

만약 서클이 부족한 상태에서 마병갑을 착용하여 고급 마법을 사용하면 마나 역류 현상으로 즉사를 하게 되는 것이었다.

"그리고 나 또한 아직 정해지지 않은 내 후계자에게 이것을 물려줄 것이네. 마병갑 센티얼스를 비롯한 내 모든 마법적 지식, 작위까지도 말이네."

'허억……!'

놀라움의 연속이었다.

마병갑을 물려주는 것뿐만 아니라 작위까지 물려준다는 것은 대단한 일이 아닐 수 없었다.

"그래, 결정했는가? 내 제자가 될 것인지 아니면 세상 밖으로 나갈 것인지 말이야."

마병갑에서 눈을 거두고 지혜로운 눈빛으로 나를 바라보는 칼로얀 백작.

"제자가 되겠습니다. 저를 가르쳐 주십시오, 스승님!"

쿵!

두 무릎을 꿇었다.

'반드시 마법을 대성할 것이다. 그리고……'

어머니와의 약속을 지켜야 했다. 마을 사람들을 구해야 했다. 그러기 위해서 나는 힘이 필요했다.

스피릿 홀이 파괴된 상태에서 내가 선택할 수 있는 단 하나의 방법은 마법밖에 없었다.

'결코 포기하지 않는다. 내가 살아 있는 동안 내가 약속했던 모든 것을 위해 살아갈 것이다!'

무릎을 꿇었다고 해서 마법의 기초를 가르쳐 주신 타로칸 스승님을 배신한 것은 아니었다.

약속을 지키기 위한 한 발의 양보.

더욱이 칼로얀 백작은 내 생명을 구한 은인이었다.

거기에 사심도 없어 보이는 전형적인 학자 마법사.

스승으로 모시기에 부족함이 없었다.

"하하하하하하! 고맙다, 카론! 넌 이제부터 내 제자다!"

스승으로 모시겠다는 말에 집무실이 떠나가라 맑은 웃음을 터뜨리는 칼로얀 백작.

그렇게 나는 위기 뒤에 또 하나의 인연을 만났다.

새로운 세상, 새로운 힘이 나에게 주어지고 있었다.

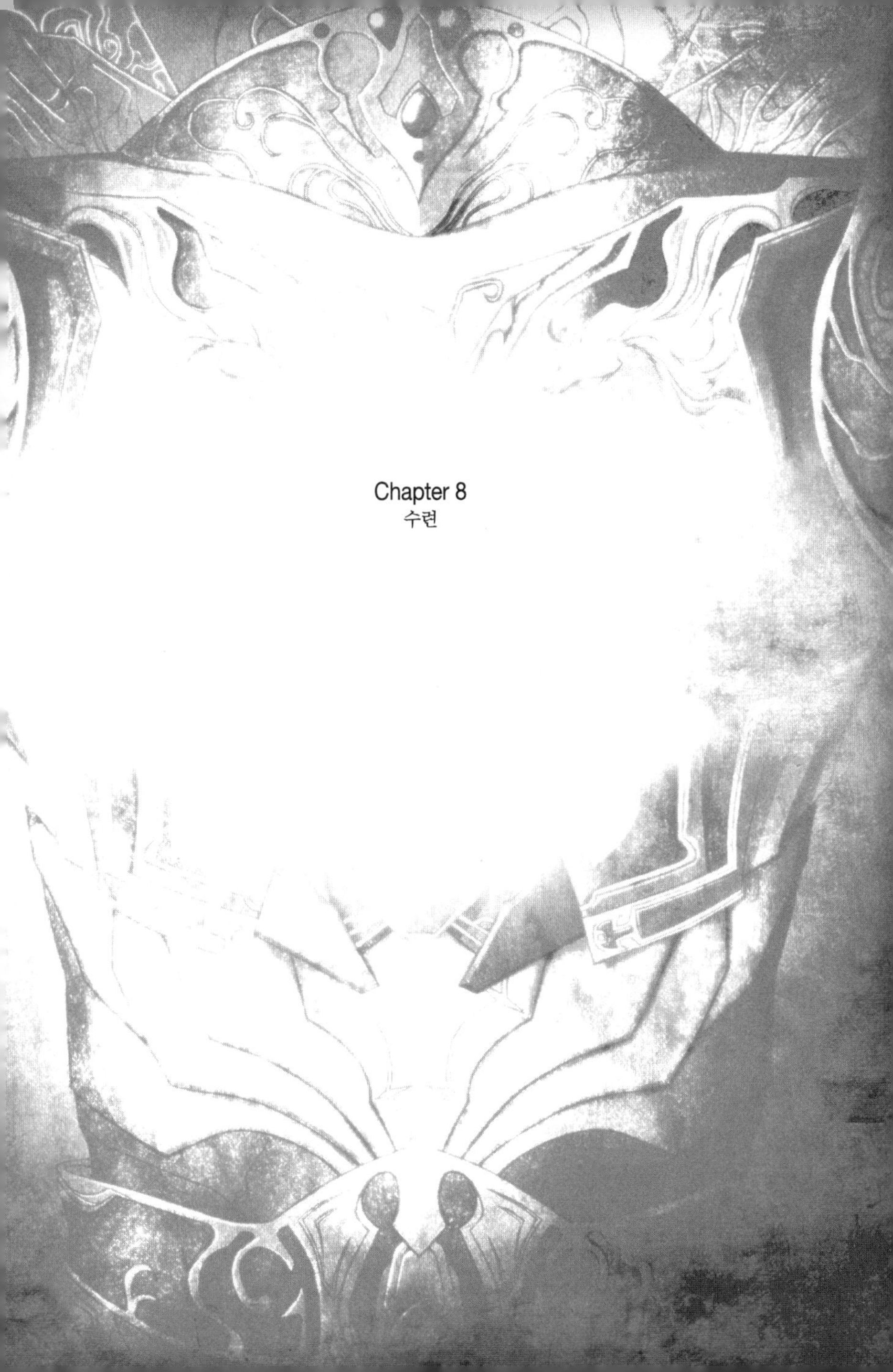
Chapter 8
수련

KA
RON

“이곳은 지하 마법 연무장이다. 이제부터 마법을 배우면 너도 이곳에서 중점적으로 수련을 하게 될 것이다.”

‘마탑의 지하에 이렇게 넓은 공간이라니…….’

강력한 캐슈란 왕국의 전 궁정마법사이자 백작위의 칼로얀 백작 소유의 마탑 지하.

입구부터 병사들이 철통같이 경비를 서고 있었고, 그 안쪽으로는 마법 인식 장치가 되어 있어 사람들을 완벽히 차단하였다.

“이곳에 손을 얹거라. 네 마나를 이곳에 인식해야 하느니라.”

“네, 스승님.”

스승이 된 칼로얀 백작의 명을 따라 두툼한 철문 앞의 수정구에 손을 가져다 대었다.

위이잉.

잠깐 파란 빛이 일어났다가 사라졌다.

“되었다. 너의 마나가 인식되었다. 이제부터는 출입할 때마다 이곳에 손을 얹으면 문이 열릴 것이다.”

자상한 스승님의 모습을 보이는 칼로얀 스승.

손을 수정구에 얹었다.

철컹!

그 순간 두툼한 합금으로 만들어진 문이 저절로 열렸다.

“들어가자. 네 선배들이 기다리고 있을 것이다.”

“네, 스승님.”

‘모든 것이 다 마법이다!

어두울 것이라 예상했던 지하의 연무장.

들어서는 순간 내 지식이 짧음을 통탄하였다.

곳곳을 밝히는 마법등과 정화 마법이 걸려 있는 듯 먼지 하나 없는 지하의 넓은 공간이 눈앞에 펼쳐졌다.

“이곳은 마탑과 내성의 방어 마법진을 이루는 4등급 마정석으로 유지되고 있다. 비록 4등급이지만 크기가 마병갑에 들어가는 것보다 두 배 정도 크기에 상당한 마나를 뽑아낼 수 있단다."

'그렇군. 마정석으로 모든 것이 유지되고 있었어.'

일반 귀족가의 내성은 마정석을 사용해서 삶의 편리함과 동시에 마법 방어진을 가동시킨다고 들었다.

모든 실생활에 유익한 마정석.

그러나 그 채취와 가공 및 거래는 국가의 최고 비밀이었다.

"스승님, 그럼 이곳에 마법 도서관이 있는 것입니까?"

무엇보다 궁금한 도서관.

마법사이자 백작가인 칼로얀 스승님에게 루이나에게 말로만 듣던 마법 도서관의 위치를 물었다.

"하하, 그렇단다. 루이나 이 녀석, 마탑의 비밀을 잘도 이야기했구나."

"아……!"

책이 있었다.

빈 몸으로 세슬 마을에 쫓겨와 양피를 다듬고 나무껍질을 다듬어 글을 쓰셨던 타로칸 스승님.

세상에 나가면 반드시 책을 읽으라고 하셨다.

그곳에 과거와 현재, 그리고 미래가 있다 말씀하셨다.

"아이스 볼!"

"실드!"

퍼버벙!

넓은 지하 공간은 몇 곳의 구역으로 나누어져 있었다. 그리고 그 구역들 사이에서 힘찬 영창과 함께 요란한 폭음이 들려왔다.

"하하하! 이것도 받아봐라! 워터 크루징!"

"비겁해요! 워터 실드!"

'마법 수련이다!'

귓가에 들려오는 마법 영창과 폭음.

마나도 없는 타로칸 스승님이 말로만 설명해 주던 마법 대결이 펼쳐지고 있었다.

"허어, 이 녀석들! 세비스 수련장에 가더니 실력이 제법 늘었구나."

칼로얀 스승님은 제자들의 마법 수련에 만족하셨는지 흡족한 미소를 지었다.

저벅저벅.

그리고 나와 함께 오른쪽에 자리 잡은 방으로 이동하였다.

"스승님을 뵈옵니다!"

"스승님!"

칼로얀 스승님과 함께 안으로 들어서자 익히 알고 있는 마법사들이 황급히 인사를 해왔다.

"잘들 지냈느냐?"

인자한 미소를 짓는 칼로얀 스승님.

"스승님 덕분에 모두 수련을 마치고 도착했습니다."

키가 큰 자이콥이 공손하게 대답했다.

"그래, 다들 보아하니 제법 성과를 이룬 것 같구나."

스승님은 제자들의 무사한 모습을 일일이 바라보며 고개를 끄덕였다.

"우리 레포르 학파가 서클 수련을 중점으로 하는 카젤 학파를 따르지만 마나 축적도 게을리 해서는 아니 된다. 비록 마나 축적이 전투마법사를 배출하는 라피스 학파의 전통이지만 둘 다 소홀히 하면 안 되는 것이다. 사람의 몸이 뼈와 살로 이루어져 있듯 서클의 확장과 마나의 축적은 그와 같은 것이니라."

제자들의 성취 속에서도 당부의 말을 잊지 않는 칼로얀 스승님. 그 따스한 제자 사랑이 온몸으로 느껴졌다.

"스승님의 말씀 명심 또 명심하겠습니다."

'루이나도 의젓하군.'

스승님의 손녀임에도 다른 제자들과 같이 있자 제자로서의 모습을 보이는 루이나.

수련을 했는지 얼굴이 발갛게 상기되어 땀이 귀여운 얼굴 위로 제법 흐르고 있었다.

"그리고 오늘 너희들의 새로운 후배가 들어왔다. 카론, 인사하거라. 너의 선배들이다."

"호호, 할아버지, 이미 다들 인사를 나누었어요."

"그래? 하하! 그래도 정식으로 인사는 해야지. 이제부터 한 식구와 다름없으니 말이다."

"카론이 여러 선배님들께 정식으로 인사드립니다. 앞으로 많은 가르침 부탁드리겠습니다."

배워야 할 것이 많았다.

진심으로 고개를 숙였다.

"크크, 카론, 잘해보자. 그러나 너무 선배들에게 기대지는 마라. 나도 선배에게 당한 만큼 후배들에게 돌려줄 것이니."

"호호호, 귀여운 카론. 우리 한번 잘해보자."

"두레안? 설마 그 선배가 나는 아니겠지?"

"아, 아니, 그게 아니라……."

자이콥과 미즈란, 그리고 두레안 선배가 환대해 주었다.

그러나 재수없는 벨루트와 차가운 이미지의 세루반은 그저 조용히 나를 바라만 보고 있었다.

"모두들 한마음으로 수련하거라. 세상에 나가면 의지할 것은 너희들밖에 없느니라."

제자들의 화목한 모습이 마음에 들었는지 칼로얀 스승님은 서로 의지하며 살라고 말씀하셨다.

"그럼 카론에게 지하 연습실을 배정해 주거라. 나머지 구역도 알려주고."

"네! 걱정 마세요. 카론은 제 친구잖아요."

루이나가 씩씩하게 나섰다.

찡긋.

그리고 나를 향해 살짝 윙크해 주었다.

"모두들 열심히 하거라. 대륙의 기운이 심상치 않다. 이럴 때일수록 안으로 힘을 기르는 것이 왕국과 스스로의 미래를 위함이니라."

몸을 돌리며 마지막으로 한마디를 남기고 사라지는 스승님.

잠시간의 침묵이 수련장에 맴돌았다.

"카론, 네가 어떻게 마법사의 길을 선택한 것인지 묻지 않겠다. 그러나 명심하거라. 스승님에게 받은 은혜와 이 왕국과 스스로의 명예를 위해서 최선을 다해 마법을 수련해야 함을 말이다."

자이콥이 뜨거운 눈길로 마법 수련에 힘써야 할 이유를 말하였다.

"루이나, 카론에게 동쪽 마법실을 배정해라. 그리고 서고와 재료실도 가르쳐 주고."

"네, 선배님!"

씩씩하게 대답하는 루이나.

'이제 시작인가.'

스피릿과 달리 이제 새로 시작해야 할 마법사의 길.

두렵지 않았다. 본래부터 가진 것 없이 이 한 몸뿐이었다.

그리고 어릴 때부터 분노의 숲은 나에게 가르쳐 주었다.

무서워 멈추고 쓰러지면 오직 어리석은 죽음밖에 없다는 것을.

"호호, 카론, 무엇이든 궁금한 게 있으면 나에게 물어봐. 이래 봬도 이 나이에 3서클 유저가 된 마법사는 이 왕국에서 내가 유일하니까."

루이나가 내게 지정된 마법실을 배정하며 붉은 입술을 나풀거렸다.

'열다섯에 3서클이라. 대단하긴 대단해.'

마법사란 대단한 존재라 하였다.

일반인도 대부분 마나를 소유하고 있지만 그것을 감지하고, 일정 이상의 마나를 축적하고 사용할 수 있는 존재는 극히 드물었다.

또한 마나를 느끼고 운용할 수 있음과 별개로 마법은 학문으로써도 최고의 난이도를 자랑했다.

마법으로 응용되는 연금술과 마법 주문, 그리고 마법진을 비롯한 일상생활에서의 다양한 응용.

머리가 따라주지 않으면 절대 불가능한 것이 마법사였다.

그렇기에 열다섯의 나이에 3서클에 이른 루이나는 마법 천재로 불릴 만했다.

"저기 떠 있는 수정구가 보이지? 그 아래 삼각형의 중심에 앉아서 마나를 축적하면 돼. 마탑을 보호하는 마정석을 통해 마나를 특별하게 모아주는 장치야."

마탑답게 모든 것이 마법과 관련되어 있었다.

'마나를 빠른 시간 안에 모아야 한다. 그리고 반드시 스피릿 홀도 복구시킬 것이다.'

증명해야 할 타로칸 스승님과 샤피르 학파의 통합 이론.

마음이 바빴다.

"마나 축적하는 호흡법은 내가 전수해 줄 거야. 어차피 모두 똑같은 호흡법이니 누가 가르친다 해도 상관이 없을 거야. 더군다나 카론은 이미 마나를 느끼고 가슴에 담을 수 있으니 쉽게 1서클을 이룰 수 있을 거야. 그리고 어느 정도 마나가 축적이 되면 마나 포인트 측정기를 통해 공부할 방향이 정해질 거야."

마법에 대한 이야기가 나오자 선배답게 조언을 하는 루이나.

고개를 끄덕였다.

“잘 부탁해, 루이나.”

“호호, 당연하지. 나에게 잘만 보여봐. 내가 아낌없이 마법 노하우를 전수할 것이야. 그럼 다음에는 서고로 가자. 우리 할아버지가 애써 모은 십만 권의 책이 서고에 있어.”

“십, 십만 권!!”

놀라지 않으리라 다짐했건만 다시 놀라움을 터뜨렸다.

세슬 마을에서는 오직 타로칸 스승님이 만든 몇 권의 책이 전부였다.

그런데 이곳에는 무려 십만 권이라는 서적이 있다 한다.

“놀라기는, 왕도에 가면 왕실 도서관이 있는데 그곳에는 수백만 권의 서적이 있어.”

“…….”

수백만 권이라는 말에 할 말을 잃었다.

‘언젠가는 그곳에도 가보리라.’

세상에 나오자 배울 것이 너무나 많았다.

평생을 배워도 다 배울 수 없는 세상의 문명.

두 눈을 똑바로 뜨고 온 힘을 다해 내 것으로 만들 것이라 다짐하였다.

스승님과 내 꿈, 그리고 사자라 불리던 내 아버지를 찾기 위하여…….

"대단하다……!"

지하 수련장을 모두 소개하고 자신의 수련실로 떠난 루이나를 뒤로하고 도착한 서고.

5미온 높이의 책장에 가득 꽂혀 있는 수많은 책에 감탄이 절로 터져 나왔다.

스륵.

제일 눈앞에 보이는 서고에서 책을 한 권 꺼내었다.

"대륙의 잃어버린 역사."

태어나서 살고 있는 루벤트 대륙에 대한 역사서.

촤라라락.

두꺼운 책을 조심스럽게 넘겨봤다.

눈을 가득 메우는 글자들.

책을 넘기는 것만으로도 가슴이 뿌듯했다.

'마법이라는 학문은 단순히 마법 공식과 영창만으로 이루어지는 것이 아니다. 많은 것을 보고 듣고 배우는 과정에서 깨달음을 얻는 것. 마나 축적에 중점을 둔 라피스 학파에 고서클 마법사가 드문 이유도 다 그 때문이지.'

마법은 깨달음의 학문.

그렇기에 타로칸 스승님은 세상에 나가 많은 것을 배우라 하셨다.

'모조리 배워주겠어!'

끝이 보이지 않는 십만 권의 서적.

두려움 없는 눈으로 책을 바라보았다.

'내일부터 본격적으로 레포르 학파의 호흡법을 배울 것이다. 그전에 한번 마나를 축적해 봐야겠군.'

게슈린과의 교전 중에 깨달은 마나.

지난 한 달 동안 마나를 잊고 살았다. 괜히 성치 않은 몸으로 마나를 수련하다 큰 사고가 날 수 있기에 참고 있었던 것이다.

저벅저벅.

하고 싶은 것이 너무나 많은 상황.

즐거운 걸음으로 서고를 벗어났다.

"어이!"

그때 차가운 목소리가 들렸다.

'벨루트……'

한 손에 책을 들고 서고로 오고 있던 벨루트가 반대편에서 나를 발견하고 부른 것이다.

"부르셨습니까, 벨루트 선배님."

선배는 선배. 조용히 선배라 불렀다.

"호호, 촌놈 주제에 눈치는 빠르군. 암, 그래야지. 그래야 조금이라도 마법을 배워서 먹고살 수 있지."

나의 공손한 모습에 비웃음이 깃든 음성을 내뱉는 벨루트.

"그런데 글을 알기는 하는 거야? 지금부터 글뿐만 아니라 룬 어에 마법 공식까지 배우려면 10년은 걸리겠군. 크크크."

내 위아래를 훑어보며 신경을 건드렸다.

"따로 하실 말씀이 없으면 제 수련실로 가겠습니다."

괜히 시비를 거는 자에게 대답할 필요가 없었다.

아직은 부족한 힘.

언젠가 놈에게 복수할 날이 올 것이다.

"크크크, 꼴에 수련은……. 카론이라고 했지? 앞으로 몸조심해라. 내가 널 지켜보고 있을 것이다. 다른 선배들은 어떻게 널 생각할지 모르지만 난 네놈이 마음에 안 들어. 다른 곳도 아니고, 도둑놈들과 살인자들이 숨어사는 분노의 숲 쥐새끼들은 이 세상에서 사라져야 할 사악한 존재들이니까."

내 눈을 직시하는 광기에 젖은 갈색 눈동자.

미친 새끼였다.

"그럼."

짧게 고개를 숙이고 등을 돌렸다.

"애송이, 분명이 경고하겠다. 여기서 조용히 마법이나 몇 수 배우고 사라져라. 그렇지 않으면 네놈 목숨은 장담할 수 없어. 벨루트 드 다시안, 내가 용서치 않을 것이야!"

풀 네임을 사용하는 귀족 놈이었다.

'후후…….'

숲에서 만났다면 내 화살에 주둥이가 꿰뚫렸을 것이다.

그러나 지금은 내가 약자.

차가운 미소를 지으며 수련실로 향했다.

'마나를 억지로 가두려 하지 마라. 이는 첫 번째 가르침이
니 숨을 쉬듯 마나를 가슴에 품어라.'

순수한 마나의 기운을 집대성시켜 주는 피라미드 같은 공
간의 자리에 앉았다.

그리고 타로칸 스승님이 말씀해 주셨던 마나의 제일원칙
을 생각했다.

'마나를 통해 일체감을 맛보라. 내가 곧 마나이며 마나가
곧 나라는 것을 명심해라. 마나는 절대 또 다른 존재가 아니
다.'

숨을 쉬어 자연스럽게 느껴지는 마나를 마나로 보지 말고
내 존재 자체로 보라고 말씀하셨다.

어머니가 전수해 주신 최고급 스피릿 호흡법에도 나와 있
었다. 스피릿을 들이켜되 절대 스피릿을 또 다른 존재라 생각
하지 말라는 것.

'마나를 통해 생명을 숨 쉬고, 마나를 통해 살아 있음을 관
조하라. 그러면 마나가 너의 길을 인도하리라.'

호흡법대로 자연스럽게 마나를 가슴에 담았다.

그리고 애써 마나를 가슴에 축적하려 하지 않고 그 자체를
감상했다.

마나에 대한 관조.

내 몸에 들어온 마나가 어떤 움직임을 하는지, 무엇을 하고
싶어하는지 눈을 감고 바라보았다.

스스스.

보이지 않는 마나가 느껴졌다.

눈을 감았지만 느껴지는 마나의 간지러운 느낌.

숨을 따라 폐부로 깊숙이 스며든 마나는 자연스럽게 심장
으로 모여들었다.

'대기의 순수한 기운을 아랫배에 모으면 그것이 스피릿이
요, 가슴에 쌓아 서클을 만들면 그것이 마나라. 다르지만 다
르지 않음이 마나의 호흡이다.'

샤피르 학파의 마나 호흡법.

심장에 들어찬 마나를 억지로 가두지 않고 다시 바라보았
다.

스르르륵.

그러자 마나는 기다렸다는 듯이 조심스럽게 온몸을 향해
움직이기 시작했다.

깨달음으로 본래 심장에 쌓여 있던 마나와 달리 새로이 호
흡을 통하여 흡입된 순수한 마나.

심장을 지나쳐 아랫배로 스르르 내려왔다.

아주 조심스러운 손길.

마치 귀한 루빌르 버섯을 발견한 듯 마나는 심장을 지나치며 탐험하였다.

파르르르.

마나가 지나친 곳에서 소름이 돋았다.

눈을 감았기에 더 선명한 그 느낌.

아픔이 아닌 묘한 쾌감이 마나가 스쳐 지나가는 곳에서 시작해 머리끝까지 치솟았다.

촤아아아악!

'크아아악!'

하지만 그 순간 샤피르 학파의 호흡법대로 마나를 이끌던 나는 침묵의 비명을 터뜨려야 했다.

불로 스피릿 홀을 지지는 듯한 화끈한 느낌.

아직 완전히 아물지 않은 스피릿 홀이었던지 마나가 스며들자 비명을 토했고, 그 비명은 나에게 미칠 것 같은 고통을 안겨주었다.

'제, 제길…….'

고통의 와중에도 급히 마나를 심장 부근으로 끌어들였다.

자칫 마나가 몸속에서 굳어버리면 피가 굳는 것처럼 마나 응고 현상이 일어나 죽을 수도 있는 상황.

푸스스스.

심장에 급히 들어서며 날뛰는 마나. 조금 전의 조심하던 마나는 어디로 가고 화가 잔뜩 나 있었다.

'후우! 후우!'

급히 새로운 마나를 흡입하며 성난 마나를 달래었다.

"휴우!"

그렇게 한참을 달랜 후에야 난 기나긴 한숨을 내쉴 수 있었다.

"샤피르 학파의 호흡법은 무리란 말인가."

게슈린과의 일전에서는 스피릿 홀이 파괴되지 않았기에 무의식적으로 호흡이 가능했던 것 같다.

"일단은 샤피르 학파의 호흡법은 당분간 중단한다. 레포르 학파의 호흡법을 따라 심장에 마나를 쌓고 기회를 엿볼 것이다."

칼로얀 스승에게도 말하지 않은 샤피르 학파의 비밀.

만약 나 홀로 샤피르 학파의 마나 호흡법을 배우다 사고라도 난다면 큰일이 아닐 수 없었다.

아무리 사람 좋은 칼로얀 스승님이라 해도 거짓말을 한 나를 용서하지는 않을 것이다. 더욱이 샤피르 학파의 호흡법은 금지된 이단 학파의 호흡법.

용서받을 수 없을 것이다.

꼬로록.

그때, 요란하게 뱃속에서 진동이 울렸다.

마나 호흡에 집중하느라 시간이 얼마나 흘렀는지 알 수 없었다.

"일단 배를 채우고 다시 와야겠군."

샤빌 호수가 훤히 내려다보이는 마탑 5층 숙소.

그곳이 나의 전용 숙소로 지정되어 있었다.

그리고 마법사 수련생이 되면 아무 때나 무엇이든 요구할 수 있다 하였다.

마법사들의 규칙적이지 못한 생활습관에 배려를 한 것이다.

자칫 생명이 위험할 수도 있었지만 무언가 실마리가 보여 기분이 상쾌했다.

세슬 마을에서는 나름대로 스피릿이 제법 모였기에 힘이 있었지만 있던 힘이 상실되자 의욕이 가라앉은 것은 사실이었다.

그러나 새로이 나를 흥분시키는 마나.

머릿속에 교차하는 수많은 기분 좋은 생각을 하며 지하 연무장을 나섰다.

쉬리리릭.

지하 연무장을 나서자마자 불어오는 상쾌한 바람.

호수가 바로 옆이라 그런지 시원한 기운이 담겨 있었다.

쉬이익!

까가가강!

"정신 집중을 하라, 세볼트 경!"

"명!"

어느새 초저녁의 별이 하나둘씩 모습을 드러내고 있는 마탑의 내성.

지하 연무장과 그리 멀지 않은 연무장에서 누군가 대결을 하고 있었다.

'기사들의 대결인가?'

경이라는 호칭은 정식 기사 작위를 받은 이들만 사용할 수 있었다.

검에 재능이 있어 기사의 종자로 들어가고, 실력을 쌓아 종자의 위치를 벗어나면 기사의 작위를 받고, 그중에서 실력을 인정받아 헬퍼 나이트가 되며, 그 헬퍼 나이트에서도 인정을 받으면 스피릿 나이트가 되는 것이다.

더욱이 기사들의 대결.

고급 검술에 목말라 있던 나는 발걸음을 연무장으로 조심스럽게 옮겼다.

"세볼트 경, 헬퍼 나이트는 스피릿 나이트가 마병갑을 사용하지 못할 위험한 상황에 처했을 때 스피릿 나이트를 대신

해 임무를 수행하는 아주 명예롭고도 위험한 자리다. 그런데 아직도 정신 집중에 문제가 있다는 것은 자네의 정신 상태가 바르지 않음을 의미한다! 정신 차려라, 세볼트 경!"

"말씀을 명심하겠습니다!"

이십여 명의 기사 복장을 한 이들이 서 있는 가운데 연무장을 쩌렁쩌렁하게 울리며 세볼트라는 자를 혼내고 있는 남자.

백작가의 경호를 책임지고 있는 아베루 기사단장이었다.

'마병갑을 소유한 스피릿 나이트들과 헬퍼 나이트들이군.'

성벽을 밝히는 마법등 사이로 비춰지는 그들의 갑옷.

평범한 플레이트 기사 갑옷과 함께 어둠 속에서도 유려한 광택을 뿜어내는 마병갑이 보였다.

백작가를 수호하는 정예 기사들이었다.

"모두들 명심해라. 우리 루세프 백작가의 기사들은 비록 십여 기의 마병갑밖에 소유하지 못하였지만, 그대들 모두 왕실 기사학교를 졸업한 기사들이다. 더욱이 국왕 폐하로부터 칼로얀 백작님을 보호하라는 특명을 받들고 있는 몸. 국왕 폐하와 이 왕국과 백작님을 위해서 언제나 최선의 기량을 갖추어야 하는 것이다. 모두 내 말 명심하고 하루도 게으름을 피우지 말라!"

"명!"

진중하면서도 충의가 담겨 있는 아베루 기사단장의 훈계에 기사들이 힘차게 대답하였다.

"오늘은 이만 대결을 마치겠다! 모두들 쉬도록!"

"명!"

루이나에게는 사람 좋은 아저씨로 보였던 아베루 기사단장은 기사들에게는 제대로 엄한 모습을 보였다.

'아쉽군. 기사들의 검술을 보고 싶었는데.'

지금은 마법밖에 배울 수 없는 상황이지만 검술은 내가 지향해야 할 목표점이었다.

"카론이라고 했나? 자네가 무슨 일로 여기에 있나?"

잠시 딴생각을 하는 사이, 어느새 가까이 다가와 의문의 눈초리를 보내는 아베루.

"검은 어떻게 배워야 합니까?"

아베루의 눈을 정면으로 바라보며 물었다.

숨길 것이 없었다.

아니, 실력이 뛰어난 아베루 경에게 검에 대해서 묻고 싶었다.

"검? 지금 자네가 검에 대해서 물은 것인가?"

내 질문에 어이없는 표정을 지으며 다시 묻는 아베루 경.

"그렇습니다. 검술을 배우고 싶습니다."

"검술? 하하! 자네가? 하하하하하하하!"

내 말이 끝나기가 무섭게 대소를 터뜨리는 아베루 기사단장.

뚝.

웃던 것도 잠시, 싸늘한 눈빛으로 나를 바라보았다.

"장난이 심하군. 아무리 자네가 마나에 재능이 있다 하지만 검이라는 것도 마법만큼이나 어려운 길이야. 함부로 입에 담을 성질의 것이 아니지."

수련생용 마법사 로브를 걸치고 있는 나를 향해 싸늘한 눈빛을 보냈다.

"검술은 심심풀이 운동으로 배우는 것이 아니야. 검에는 명예와 사랑과 인생이 담겨져 있네. 더 이상 검술을 무시하지 말고 물러나게. 아니면 경을 칠 것이야."

더 이상 말할 가치도 못 느끼는지 경고를 날리고 등을 돌리는 아베루 경.

"배우고 싶습니다. 마법만큼이나 검술도 목숨을 걸고 배우고 싶습니다!"

당당한 목소리로 소리쳤다.

숲에서 배운 또 하나의 진리.

진실한 것들에 대한 안목이었다.

숲은 모르는 자에게는 두려움이었지만 알고 있는 자에게는 축복과도 같은 장소였다.

먹을 것과 입을 것, 잠잘 곳을 만들어주는 숲.

숲은 거짓을 말하지 않았다.

있는 그대로의 모습을 여과없이 보여주는 숲.

그 숲에서 나는 싸늘한 진실에 대하여 배웠다.

그리고 지금, 아베루 경의 눈을 통해 나는 그가 어설픈 명예나 따지는 얼치기 기사가 아님을 알 수 있었다.

"목숨을 걸고? 하하하! 그거 듣던 중 재미있는 소리군. 그럼 자네는 마검사의 길을 택하겠단 말인가? 마법사도 아니고 기사도 아닌 어정쩡한 마검사 말이야?"

싸늘한 기운은 여전했지만 고개를 돌려 호기심을 보이는 아베루 경의 눈빛.

그 눈빛에 당당히 맞섰다.

"얼치기 마검사라 해도 좋습니다. 전 제가 배우고 싶은 것은 목숨을 걸고 배우고 싶습니다. 그리고 후회는 제 몫으로 남겨둘 것입니다."

연달아 찾아온 행운.

쉽게 이런 행운들이 찾아오지 않음을 알고 있었다.

"후회는 스스로의 몫으로 남겨두겠다……. 후후, 좋은 말이군. 그래야지. 자고로 남자로 태어났다면 그런 패기는 있어야지."

내 말에 고개를 끄덕이는 아베루 경.

“검을 배운 적이 있는가?”

“검은 모르겠고, 조금은 휘두를 줄 압니다.”

“그래? 그럼 한번 자네가 배운 바를 펼쳐 보게. 연무장에 연습용 검이 있으니 말이야.”

“감사합니다!”

‘드디어 검을 배울 수 있단 말인가!’

혹시나 하는 마음으로 아베루 경에게 검을 가르쳐 달라 청했다. 아베루 경의 모습에서 풍겨지던 순수한 기사의 기도. 주군을 위해서 보잘것없는 나에게 경고를 할 정도로 충직한 인물.

그런 아베루 경은 일반 기사들과 달랐다.

“거기에서 자네의 몸에 맞는 검을 잡아보게.”

기사들의 연무장에는 수십여 자루의 다양한 검과 무기들이 가지런히 놓여 있었다.

‘이것이 좋겠군.’

연습용 검들을 바라보다 한 자루의 검을 들었다. 어머니의 롱 소드와 비슷한 크기였다.

“검을 잡았으면 마음껏 공격해 보게.”

아베루 경은 내가 망설임 없이 무기를 고르자 팔짱을 끼며 공격해 보라 하였다.

쉭쉭.

손에 든 연습용 검을 가볍게 휘둘러 보았다.

'날이 서 있지 않은 연습용 검이건만 중심이 잘 잡혀 있군.'

마음에 드는 연습용 검.

스윽 검을 치켜들며 자세를 잡았다.

'바로 이 기분이야!'

한 자루 검과 내가 한 몸이 된 것 같은 기분.

비록 스피릿이 사라졌지만 검에서 느껴지는 충직한 느낌은 더 생생하였다.

"갑니다! 타앗!"

타다닥.

힘차게 기합을 지르며 아베루 경을 향해 달려갔다.

쉬이이잉!

그리고 손에 들린 검은 바람을 가르며 아베루 경의 허리를 베어갔다.

탕!

'헛!'

어설픈 객기라 생각했다.

아무리 살기 어려운 분노의 숲에서 자랐다지만 이제 고작 열다섯의 소년. 더욱이 마법사를 택한 소년이 휘두르는 검이 얼마나 매서울까 생각하였다.

그러나 제법이었다.

독 오른 맹수의 느낌.

정식으로 배운 검술이 아니건만 허점을 정확히 파악하고 거리낌없이 덤벼왔다.

백작가의 기사단장 아베루는 마병갑을 입었건만 매서운 살기에 저도 모르게 건틀렛으로 검을 막았다.

쇄애애애액!

그 순간에도 쉬지 않고 몰아쳐 오는 검.

허리에서 튕겨진 검이 어느새 목을 향해 날아왔다.

'검을 배우기에 최적의 몸이다!'

한 동작만 보아도 눈앞의 어린 소년이 하체를 비롯한 모든 근육이 검을 수련하기에 최적의 조건임을 알아챘다.

스피릿 포인트 600에 이르는 스피릿 나이트의 행동을 뛰어넘는 임기응변.

단단한 하체와 근육이 없이는 불가능했다.

'하필 스피릿 홀이 파괴되었다니.'

하지만 안타까운 마음이 스쳤다.

마법사를 지망한 것을 떠나 스피릿 홀이 파괴된 카론이라는 소년.

스피릿을 보유할 수 없는 쓸모없는 존재였다.

마병갑이 등장한 이유로 전투의 양상은 바뀌었고, 일반 병사들은 숫자를 채우는 그저 그런 존재로 전락해 있었다.

타다당!

아무리 인간의 근육이 극도로 발달해도 스피릿 나이트의 눈에는 모든 것이 보였다.

처음에는 잠깐 방심하였기에 일격을 허용했지만 그 이후로는 카론의 검로가 모두 보였다.

더군다나 특별한 검술이 아닌 임기응변과 근육의 힘으로 만들어낸 검술.

가볍게 손을 휘둘러 검을 튕겨내었다.

'역시 스피릿 나이트란 말인가.'

단 한 번의 기습 공격을 허용한 후 흔들림이 없는 아베루 기사단장.

검이 부서져라 쥐고 휘둘렀지만 돌아오는 것은 찢어질 것 같은 충격뿐이었다.

"그만, 되었다."

짧은 대련은 그렇게 끝이 났다.

"대단히 유연한 몸놀림과 근육의 역동성이다. 아마 이곳에 있는 기사들도 너와 같은 몸 상태를 갖추진 못했을 것이다."

순수한 감탄을 터뜨리는 아베루 경.

"그러나 거기까지다. 스피릿이 없는 검은 어설픈 용병이 되기에 알맞은 검일 뿐이다. 그런 까닭에 나는 너를 가르칠 수 없다."

쿠궁!

'빌어먹을……!'

냉정한 아베루의 말이 가슴을 비수처럼 후비고 들어왔다.

"카론, 왜 검을 배우고자 하는가는 알 수 없지만 이것 하나만은 알아둬라. 지금 자신이 서 있는 위치에서 무엇을 해야 목숨을 허락하신 생명의 신 우레안님께 부끄럽지 않은지 말이다."

신을 말하며 내 주제를 파악하라는 아베루 경.

"감사합니다. 말씀 잘 들었습니다."

더 이상 배울 게 없다면 굳이 시간을 낭비할 필요가 없었다.

아베루 경이 아니더라도 무언가 방법이 있을 것이다.

"최상의 검술이란… 다른 것이 아니다. 검과 내가 하나가 되는 것. 그 방법은 스스로 찾는 것이다."

등을 돌려 돌아가는 내 귓가로 들려오는 아베루 경의 조용한 음성.

'검과 내가 하나가 되는 것.'

머릿속에 느껴지는 강한 충격.

타로칸 스승님이 말하셨던 마나 호흡법도, 어머니가 가르쳐 주셨던 스피릿 호흡법도 똑같은 말을 했다.

마나와 스피릿이 자신과 하나가 되는 것이라고. 그런데 검술 또한 마찬가지라 하였다.

"지하 수련장에는 책이 많다. 그곳에 길이 있을 것이야."

저벅저벅.

말을 마치고 사라지는 아베루 경의 가벼운 발걸음.

우두둑.

손에 힘이 들어갔다.

답은 멀리 있는 것이 아니었다.

내게 찾아온 행운처럼 내 곁에서 숨 쉬고 있던 모든 해답.

방으로 돌아가려던 내 발걸음은 다시 지하 수련실로 향했다.

하루 굶는다고 죽지는 않을 것이지만, 지금 내 영혼이 갈구하는 배움의 목마름을 채우지 못하면 이 순간 심장이 터져 죽을 것 같았다.

'언젠가 반드시 이룰 것이다. 내가 꿈꾸는 모든 것을.'

포기하지 말라던 타로칸 스승님의 당부.

심장 속에서 뜨겁게 달궈진 피가 온몸을 휘젓기 시작했다.

"레포르 학파의 마나 호흡법은 카젤 학파의 호흡법과 거의 일치해. 하지만 수 계열 마법을 중점적으로 수련하는 특성상 마나를 수련하면 조금 차가운 느낌을 받을 거야.”

새로운 아침이 밝자 나를 찾아온 루이나.

하룻밤을 꼬박 새고 눈이 벌겋게 충혈된 내 모습을 바라보며 한바탕 잔소리를 퍼부었다.

밤새 읽고 있던 마법의 기초 이론이란 책으로 얻어맞을 뻔했다.

아직 다 낫지도 않은 몸으로 무리를 한다며 쓰러지면 다신 구해주지 않을 것이란 협박도 받았다.

하지만 내가 마나 호흡법을 가르쳐 달라고 하자 한숨을 쉬며 호흡법을 전수하기 시작했다.

“일단 카론 너는 마나의 느낌을 알고 있고, 심장에 조금이나마 마나를 담고 있으니 1서클을 만드는 것은 어렵지 않을 거야. 보통 마나에 감각이 있는 사람들은 한 달 정도면 미약하나마 서클을 완성할 수 있어. 물론 서클을 완성하고 마나를 축적해야만 하지만, 그것은 노력과 실력에 따라 자연스럽게 이루어지는 것이라 크게 신경 쓸 필요 없어. 전투마법사를 양성하는 라피스 학파 놈들은 목숨 걸고 마나 축적에 열을 올리지만 말이야.”

귀엽게 보조개를 오물거리며 열심히 설명하는 루이나.

1미온 앞에서 나풀거리는 그녀의 입술을 타고 달콤한 숨

냄새가 풍겨졌다.

"그럼 마나 콜렉터기에 앉아."

'저게 마나 콜렉터였군.'

피라미드 형식의 장치가 마나 콜렉터라는 명칭으로 불렸다.

"마나 호흡법은 저마다 다 달라. 일반적으로 두 다리를 포개고 손끝을 둥그렇게 말아서 스피릿 홀 부근에 가져다 놓아야 해. 그래, 처음인데 자세가 잘 나오네. 호호호."

루이나의 말에 따라 자세를 잡자 기쁜 미소를 짓는 루이나.

그녀의 밝은 기운이 피곤한 몸에 활력을 불어넣어 주었다.

"그다음에는 눈을 감고 마나를 생각해야 해. 사방에 퍼져 있는 순수한 마나의 기운을 생각하며 호흡을 통해 심장으로 보내는 것. 그것이 첫 번째 호흡법의 비결이야."

속삭이듯 마나 호흡법을 설명하는 루이나.

"마나는 살아 있어. 평범한 사람들은 보지 못하고 만지지 못하지만 우리들은 알 수 있어. 따스하고 차갑고 부드럽고 딱딱하고, 저마다 다 다르지만 분명 마나는 살아 있어. 그 살아 있는 마나를 심장에 모아야 해. 이게 첫 번째 마법사의 시련이야. 나도 다섯 달이나 걸려서 마나를 느끼고 모을 수 있었어."

꿈결처럼 몽롱하게 주문을 외우는 루이나였다.

"자, 그럼 한번 느껴봐. 그리고 내가 이끄는 마나의 이동 경로를 잘 살펴. 그게 우리 학파의 마나 전수법이니까."

말과 함께 등으로 다가와 앉는 루이나.

그녀의 손이 등판에 살포시 닿는 느낌이 들었다.

짜르르르.

그리고 느껴지는 짜르르한 마나의 느낌.

아주 조심스럽게 루이나의 마나가 등을 타고 젖어 들어왔다.

'차갑군.'

수 계열 전문 학파인 레포르 학파의 마법사답게 마나가 시원하고 차가웠다.

"가슴에 모을 거야. 그리고 천천히 원을 그릴 거니까 그 느낌을 잘 간직해."

조용하면서 귀에 쏙쏙 들어오는 루이나의 따스한 말.

몸에 젖어 들어가던 마나가 심장 부근으로 모이기 시작했다.

'이게 서클?'

게슈린과 결투를 벌일 때 가슴에 모인 마나를 사용해 스피릿처럼 검에 사용할 수 있었다.

그런 마나가 내 몸에서 본격적으로 똬리를 틀려고 했다.

"한 번 만들어진 서클은 흔적을 남기게 돼. 3서클까지는 좋은 스승을 만나면 이런 방식으로 서클을 이룰 수 있어. 나도 선배들도 모두 할아버지의 특혜를 받았어. 할아버지가 자신의 마나를 소모해 가면서 우리를 성장시켜 주었어.”

자상한 루이나의 설명.

내 나이 또래인데도 3서클을 이룬 그녀의 경지가 그제야 이해가 갔다.

'3서클 마법사가 마법사로 인정을 받지만 진정한 마법사는 4서클에 이르러야 한다 했다.'

타로칸 스승님이 말씀하시기를, 진정한 마법사는 4서클부터란다.

깨달음으로 하나의 서클을 완성해 가는 4서클. 3서클 마법사는 제법 세상에 널려 있지만 4서클의 벽을 넘는 자는 그중 다섯에 한 명 꼴이라 하였다.

그리고 5서클은 또 그중에서 열에 하나.

6서클 마법사가 마도사라 불리는 이유는 그 까닭이었다.

물론 마법사가 서클만 이룬다고 되는 것은 아니었다.

서클이 뒤처지더라도 연금술이나 마법 학문의 이론 정립, 키메라 연구, 토목, 건설 등등 세상의 문명 발전의 그 중심에 마법사가 있는 것이다.

스르륵.

조용히 뛰고 있는 심장 위에 그려지는 마법의 똬리.

‘서, 서클이다!’

놀랍게도 루이나가 내 몸에 심어놓은 마나가 하나의 원을 조그맣게 그렸다.

‘원 안에 마나가 들어찬다!’

난생처음 경험하는 서클.

원을 그리고 형성된 서클 안으로 마나가 들어차기 시작했다.

‘파장이다!’

그리고 일어나는 조그마한 진동.

서클 안에 마나가 들어차자 그 마나가 호숫가에 떨어진 돌멩이가 만들어낸 파장처럼 몸 밖으로 울리는 것이 느껴졌다

우우웅!

1서클밖에 안 되었건만 파장의 진동은 예상외로 컸다.

아니, 내 안에 잠들어 있던 기운이 루이나가 만들어낸 서클을 따라 모여들더니 우웅 하고 울음을 토했다.

부르르르.

그 순간 등에 닿은 루이나의 손이 가볍게 떨기 시작했다.

우웅! 우웅! 우웅!

그와 함께 진동의 크기가 더욱 커져만 갔다.

슈슈슈슉!

진동이 커지자 루이나의 손을 타고 마나의 양도 급속도로

유입되었다.

'1서클의 서클이 이렇게 컸나?'

동시에 드는 의문.

심장에 그려지던 서클이 갑자기 부풀어 오른 반죽처럼 확대되기 시작했다.

처음의 크기에서 두 배, 세 배, 네 배, 다섯 배.

기하급수적으로 커지는 서클의 부피.

그에 따라 몸 안에서 흘러나오는 양도 커졌다.

우우우우우우웅!

그러던 어느 순간 다섯 배를 넘어가는 서클에 마나가 모두 들어찬 느낌이 들었다.

꽉 찬 마나의 포만감.

우우우웅거리던 마나도 그제야 진정을 하며 일정한 리듬을 타고 휘돌기 시작했다.

"허억! 이게 뭐야?"

등에서 손을 떼고 놀란 루이나.

"무슨 일이야?"

안정된 마나를 느끼고 급히 등을 돌렸다.

그리고 내 눈에 보이는 루이나의 창백한 얼굴.

"카, 카론, 내가 지금껏 모은 3서클 마나가 카론이 만들어 낸 1서클의 마나 홀을 채우지 못했어. 자칫 위험했는데, 카론의 몸에 숨어 있던 마나들이 나타나 마나 안정화를 이루었어. 휴우, 잘못했다간 카론과 나 둘 모두 마나 중독에 걸려서 살아도 산 몸이 아니었을 거야.”

한숨을 돌리고 믿기지 않는 말을 뱉어내는 루이나.

“카론, 도대체 그 마나들은 뭐야? 왜 마나가 심장에 모여 있지 않고 몸 안 곳곳에 숨어 있는 거야? 그리고 왜 이렇게 마나 홀이 큰 거야? 카론의 1서클 마나 양이 내 3서클 마나 양과 같다면 이걸 누가 믿겠어?”

지혜로운 눈빛을 보이며 루이나가 궁금한 점들을 쏟아냈다.

‘설마 포스 홀이 파괴될 때 남아 있던 포스들이 몸 안에 잠복해 있던 것은 아닐까?

그럴 가능성이 농후했다.

어머니가 전수해 준 최상급이 분명한 스피릿 호흡법과 타로칸 스승님이 가르쳐 주신 샤피르 학파의 호흡법 때문일 것이다.

다른 학파와는 달리 마나와 스피릿을 동일화시켜 버린 무식한 호흡법들.

생각지도 못한 현상을 만들어내 버렸다.

“카론, 정말 왜 그런지 몰라?”

연한 하늘색 눈동자를 반짝이는 루이나.

"예전에 스피릿을 모은 적이 있어. 혹시 그것 때문이 아닐까?"

"에이, 말도 안 돼. 스피릿과 마나는 엄연히 생성 방식이나 발현 방식이 다른 또 다른 존재야. 더욱이 카론은 스피릿 홀이 파괴된 상태라 스피릿이 몸에 남아 있을 이유가 없어."

루이나가 고개를 저었다.

"내 생각인 건데, 아마도……."

고개를 끄덕이며 심각한 얼굴로 나를 바라보는 루이나.

스윽.

그녀의 귀여운 얼굴이 쑤욱 내 얼굴 가까이 다가왔다.

'헉!'

루이나의 눈동자가 얼굴 하나 정도의 거리에서 내 눈을 직시했다.

"아마도 내 생각에 카론은 대단한 마법적 재능을 가진 것이 틀림없어. 무식한 라피스 학파 놈들도 카론의 재능을 보면 뒤로 자빠질 거야! 호호호!"

루이나는 나의 재능이 마음에 드는지 활짝 웃음을 터뜨렸다.

'특이하게 서클이 만들어져 버렸군.'

루이나가 말하기를, 1서클을 만들려면 최소 몇 달의 시간이 걸릴 것이란다.

그러나 지금 내 심장에는 1서클이 완벽하게 자리 잡혀 있었고, 그곳에는 끊임없이 작은 파장이 만들어지고 있었다.

"카론, 그런데 이거 우리 비밀로 하자. 할아버지는 괜찮지만 다른 선배들에게는 당분간 말하지 마. 선배들도 다들 질투 많은 마법사잖아."

사려 깊고 현명한 루이나.

그녀의 하늘색 눈동자가 오늘따라 더 맑고 깨끗해 보였다.

'루이나…….'

그리고 루이나의 미소가 내 가슴에 새겨진 서클 사이에 깊숙이 각인되어져 갔다.

나의 생명을 구해주고 나에게 행운을 안겨준 루이나.

가슴 한쪽이 따스하게 물들어갔다.

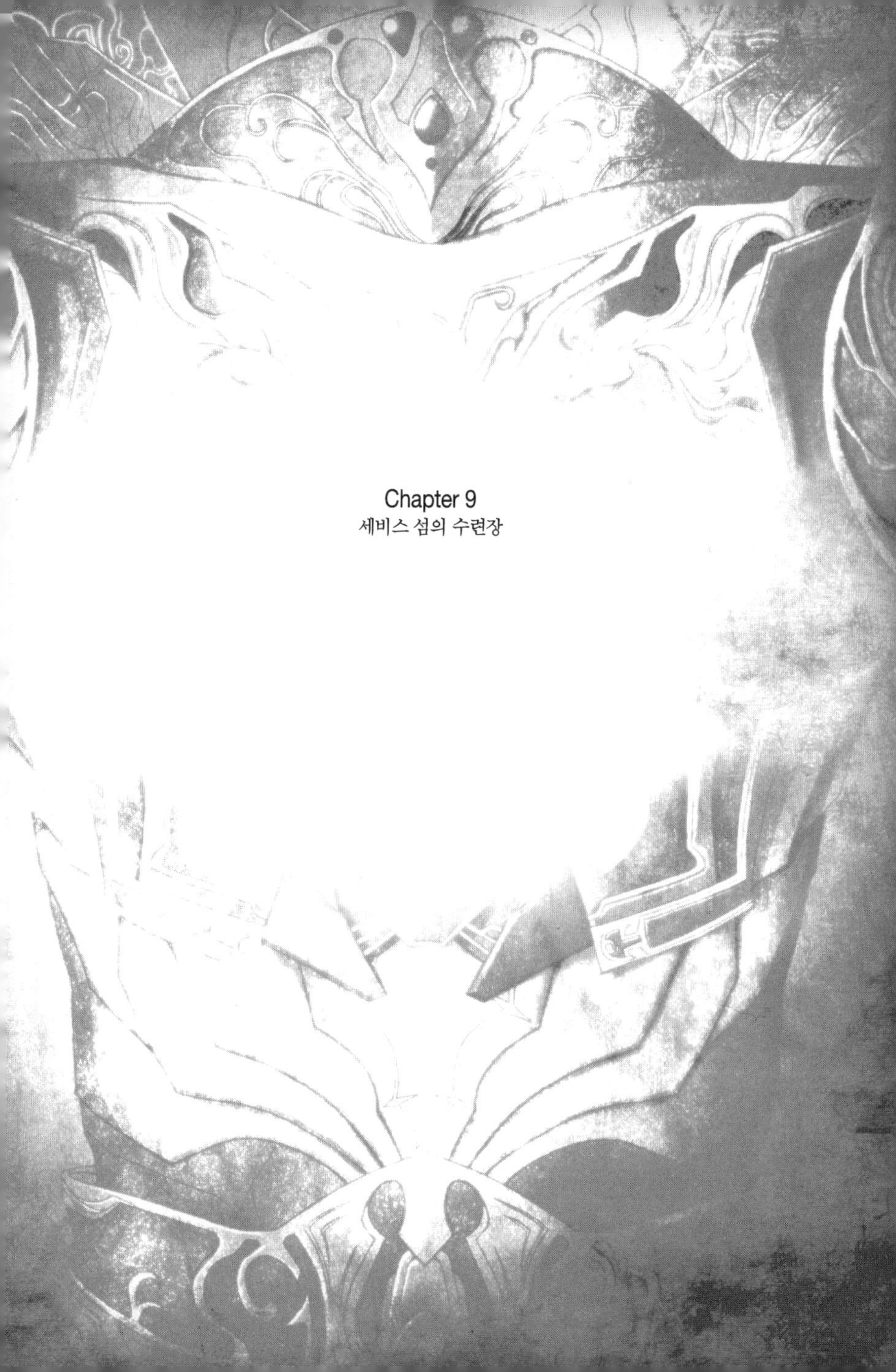

Chapter 9
세비스 섬의 수련장

KA
RON

팟!

"타앗!"

가볍게 수련실 바닥을 박찼다.

쉬이익.

허공을 매섭게 가르는 연습용 검.

단단하게 자리 잡은 하체의 근육과 균형 잡힌 상체의 근육
이 만들어내는 환상적인 조화.

묵직한 연습용 검이 흔들림 없이 허공에 내가 그리고 싶은
십자가 형태의 그림을 조각해 냈다.

터덕!

'이게 검인가.'

아베루 경이 말하던 검과 내가 하나가 되라는 말.

세월은 흘러 어느새 2년의 시간이 지났다.

그리고 나는 변했다.

오른손에 쥐어진 롱 소드를 닮은 연습용 검. 단 하루도 손에서 놓지 않았다.

검과 내가 하나가 되는 것은 검이 무엇인지 아는 것.

이제야 검이 무엇인지 조금 깨달았다.

'검은 의지다. 앞을 막아서는 모든 것을 베어버리는 강렬한 전투 의지!'

손에 들린 이 검은 장식품도 아니요, 예식에 사용할 때 쓰는 물품도 아니었다.

배고픔을 해결하기 위하여 사냥을 할 때 사용하는 생명 살상용 무기요, 내 가족과 친구를 해치려는 자를 용서하지 않는 내 결연한 보호의 마음이었으며, 나아가 크나큰 욕망을 위하여 휘두르는 욕망의 전령사였다.

그 모든 것은 사용자의 의지로 시작된 것이다.

'하루에 만 번, 지금껏 쉬지 않고 달려왔다.'

처음 이 검을 잡았을 때 다짐했다. 검을 알기 위하여 하루에 만 번을 휘두를 것이라고 말이다.

그리고 난 약속을 지켰다.

매일 마법을 배우고 책을 읽으며 마나를 축적한 시간을 제외하고는 검을 휘둘렀다.

처음에는 무척 힘들었다.

무리한 설정 때문이었는지 손바닥은 껍질째 벗겨졌고 항상 피가 마를 날이 없었다.

아마 루이나가 매일 치료 마법을 걸어주지 않았다면 내 손은 뼈조차 사라졌을 것이다.

'마검사. 해보고 싶다.'

기사용 마병갑을 걸치고 한 손에는 검을, 한 손에는 마법을 펼쳐 앞을 막아서는 모든 것들을 사라지게 만드는 최고의 전투 걸작품 마검사.

잃어버린 내 과거를 찾고, 복수를 위해서는 강력한 힘이 필요했다.

'이제 마나를 축적할 시간이군.'

어느 순간부터 시간이 완벽히 통제되었다.

검을 한쪽 구석에 놔두고 마나 콜렉터기에 자리를 잡았다.

'3서클에 이르렀다. 아무것도 모르던 내가.'

아무리 마나에 재능있는 자들이 스승의 도움을 받으면 3서클 마법까지 성취가 가능하다 하여도, 나의 성장은 눈부실 정도로 빨랐다.

비록 어릴 때부터 타로칸 스승님께 마법 기초 공식들을 배웠지만 칼로얀 스승님도 감탄할 정도로 빠른 성취였다.

더욱이 내가 만든 3서클은 다른 이의 3서클과는 하늘과 땅 차이였다.

1서클 때부터 3서클의 루이나의 마나가 모자랄 정도였던 서클의 한계.

3서클인 지금은 나조차도 마나의 양이 얼마인지 알 수 없었다.

다만 칼로얀 스승님께서 가끔씩 마나 스캔을 하시고는 믿어지지 않는 감탄을 터뜨릴 뿐이었다.

스륵.

마나 호흡 자세를 취하며 눈을 감았다.

순수한 명상 상태에서 펼쳐야만 마나 축적의 효율은 극대화가 되었다.

모든 것을, 나조차도 버리고 떠나는 마나 호흡.

문은 3서클의 락 마법이 걸려 있기에 안심이었고, 마나 콜렉터기에서는 순수하게 만들어진 마나가 손짓하며 나를 불렀다.

'서클을 온몸으로 확장할 수만 있다면…….'

파괴된 스피릿 홀은 좀체 회복되지 않았다.

아무리 스피릿이 보이지 않는 자연의 순수한 기운이라지

만 그것을 담는 그릇이 온전하지 않으면 소용이 없었다.

그래서 생각해 낸 방법.

어머니의 호흡법과 샤피르 학파의 호흡법을 관찰하던 중에 깨달은 한 가지가 있었다.

그것은 바로 심장에 있는 서클을 심장에 제한을 두지 않고 온몸으로 확장시켜 버리는 방법이었다.

물론 지금의 마나 양으로는 실험하기도 벅찼지만 언젠가는 이룰 수 있을 것 같았다.

'내일이면 세비스 섬에 수련을 하러 떠난다. 후우!'

마법사들의 수련을 위해 특별히 만들어진 세비스 섬.

아직도 4서클을 돌파하지 못한 다른 선배들과 함께 내일 수련을 위해 떠날 것이다.

그곳에서 레포르 학파가 중점으로 두고 있는 마법 수련을 마음껏 펼칠 것이다.

스스스.

숨을 들이켜며 깊은 명상으로 빠져들자 마나 콜렉터기의 마나가 온몸을 안개처럼 덮는 게 느껴졌다.

그리고 나는 깊은 명상 속으로 깊이 깊이 빠져 들어갔다.

사라락.

"마법공학의 완성."

500년 전 마법의 공학적 의미를 완성시킨 위대한 마법사 파슈킨의 저서가 손에서 후루룩 넘어갔다.

지금은 거의 자료가 남아 있지 않은 수천 년에서 일만 년 전의 마도시대의 던전을 발견하고 마법의 역사를 집대성한 위대한 마법사 파슈킨.

내가 마지막으로 읽었던 지하 서고의 책이었다.

'총 서적 158,654권. 그중에서 중복되거나 하위의 개념을 빼고 읽을 만한 서적은 32,000권 정도. 또한 그중에서 꼭 필요한 서적은 4,500여 권. 난 드디어 그 책을 모두 독파했다.'

마나가 서클을 만들고 축적이 되고, 검술을 통하여 강인한 육체를 완성하자 거짓말처럼 잠이 사라졌다.

하루에 1디키(시간) 정도만 숙면을 취하면 잠을 자지 않아도 되었다.

아니, 잠을 자는 시간에 마나 콜렉터기에서 명상을 하면 잠을 자지 않고도 버틸 수 있었다.

그리고 남는 시간은 모조리 검술과 마나 축적, 마법 이론과 책을 읽는 데에 투자하였다.

먹을 것조차도 우유 한 병과 빵 세 덩어리, 그리고 과일 한 개를 매일 아침에 배급받아 지하에서 해결하였다.

급한 스승님의 부름이 아니면 거의 밖으로 나가지 않았다.

칼로얀 스승님의 제자였지만 나는 이곳에서 거의 잊혀진

존재로 살았다.

쓸데없이 시간을 보내느니 이곳에서 죽을 각오로 살아온 것이다.

자박자박.

그때 귓가로 들리는 익숙한 이의 발걸음.

고개를 들어 서고의 문 앞을 바라보았다.

"호호, 카론. 여기 있을 줄 알았어."

'루이나……'

노란빛이 은은하게 흘러나오는 마법등 아래 하얀 마법사 로브를 걸치고 허리까지 팔랑이는 긴 머리를 날리며 다가오는 여인.

성숙해진 시간과 함께 루이나는 소녀에서 여인으로 변신하였다.

귀여운 보조개가 투명한 피부 사이로 수줍게 피어 있었고, 맑고 투명한 하늘빛 커다란 눈동자, 오똑 솟아 있는 콧날, 아름다워 더 생생한 붉은 입술.

보는 내 가슴을 뜨겁게 만들었다.

"카론, 어떻게 2년 동안 단 하루도 다르게 살지를 않아? 내 네임데이 때도 캄캄한 수련실에서 수련만 하고……. 이 루이나의 은혜도 모르는 고약한 샤베토 같으니라고."

입가에 짓궂은 미소를 머금은 루이나가 삐친 척 입을 열었다.

"미안했다. 앞으로는 네임데이를 잊지 않을게."

"뭐? 정말? 호호호! 이거 대단한데. 드디어 목표한 바를 이룬 거야?"

초기에 나를 너무나 많이 도와주었던 루이나.

그녀가 없었다면 지금의 내 성취도 없을 것이다.

'샤베토……'

생명을 구함받은 자로서의 의무를 짊어진 자.

다시 한 번 마음에 진동하였다.

"글쎄, 아직 마음에 들지는 않지만 대충."

"뭐, 뭐야! 그럼 3서클을 마스터했단 말이야!"

루이나가 믿지 못하겠다는 표정을 지었다.

"이건 사기야! 어떻게 2년 만에 3서클에 이를 수 있어? 나도 5년 만에 3서클에 이를 수 있었는데!"

믿지 못하는 루이나. 그러나 굳이 말할 필요가 없었다.

실력은 말이 아니었다.

"흥! 카론, 순수한 마법사로서 질투심이 팍팍 느껴져. 하지만 참겠어. 다른 사람도 아니고 카론이니까. 호호호."

말을 마치며 언제나처럼 내 앞에 눈을 바짝 들이대는 루이나.

두근두근.

달콤한 사과 향이 났다.

성숙한 루이나를 닮아 있는 은은한 향기.

심장이 조금씩 고동을 빨리했다.

"카론, 나 예뻐?"

"어?"

갑자기 루이나가 자신이 예쁘냐고 물었다.

"왜 대답 못해? 내가 안 예쁜 거야?"

할아버지 칼로얀 스승님과 백작가의 뭇사람들로부터 사랑만 받고 자란 루이나는 거침이 없었다.

"피이, 바보. 내 미모가 왕도에 퍼져서 나 왕실 무도회에 초청되었어. 호호호! 이제 나도 왕실 사교계에 진출할 수 있게 되었어."

마법사라 하지만 이제 아름다움이 절정으로 피어나는 여인.

루이나는 왕도에서 대단한 인기를 끌 것이 분명했다.

많은 여인을 만나지는 못했지만 루이나만큼 순수하고 맑은 영혼은 세상에 드물 것이다.

"축하해."

"뭐, 축하해? 카론! 너무 나에게 무관심한 거 아냐? 홍홍! 왕실 무도회에 내가 등장하면 곳곳에서 엄청나게 많은 청혼이 들어올 거란 말이야. 그런데 나에게 관심조차 없다니. 이

단단한 짜루나무 같은 남자야!"

단단하여 날 선 도끼로도 벨 수 없는 짜루나무.

루이나가 나를 갑자기 짜루나무로 만들어 버렸다.

'쩝……'

그러나 내가 해줄 수 있는 말은 없었다.

아직 나는 해야 할 일이 너무나 많았다.

"복수해 줄 거야. 호호! 기대해, 카론."

사악한 미소를 짓는 루이나. 그러나 그녀의 웃음 띤 복수는 두렵지 않았다.

루이나에게 나는 목숨을 빚진 샤베토였다.

"스, 스승님, 이것은?!"

"하하, 뭘 그리 놀라느냐. 3서클 정식 마법사에 오르면 당연히 스승이 제자에게 주는 선물이니라."

'마나 스태프! 그것도 마정석이 박혀 있는!'

그러했다.

스승님의 부름으로 7층 집무실에 오르자 칼로얀 스승님이 마나 스태프를 선물로 주셨다.

"6등급의 마정석이 박혀 있다. 아직 마나 각인이 되지 않은 마정석이니 네가 각인을 시키거라."

각인이 되지 않은 마정석.

마정석 자체도 하나의 기운을 소유하고 있는 존재였다.

그런 마정석에 마나를 주입하면 마나는 사용자의 마나를 각인하게 되고, 그 각인에 최고의 활성화율을 보인다.

그러다 만약 주인이 바뀌게 되면 마정석은 본래의 활성화율에 못 미치는 성능을 낸다.

한 번, 두 번, 몇 번의 그런 과정을 겪게 되면 마정석은 마나 충전 마법진에서도 마나를 충전하지 못하고 하급의 마정석으로 전락하게 되는 것이다.

그렇기에 대륙의 모든 왕국이 새로운 마정석을 찾기 위해 혈안이 되어 있었다.

'비록 6등급이지만 그 가격은 엄청날 터인데.'

아무리 고위급 마법사라 하더라도 마정석은 함부로 구입하거나 사용할 수 없는 물품이었다.

"이 마정석은 내가 실베루 국왕에게 직접 하사받은 마정석 중 하나다. 카론, 넌 내 자식과 다름없는 제자다. 부담없이 받거라. 스승이 네게 주는 선물이니……."

목숨을 구함받고 마법을 가르쳐 준 것으로도 모자라 이제는 마정석이 박혀 있는 마나 스태프를 선물로 받았다.

"스승님……."

다 밝히지 못한 나의 과거가 미안했다.

그렇기에 스승님에게 더욱더 잘하리라 마음먹었다.

"카론, 3서클 마법사가 되었다고 자만하지 말거라. 대륙에 마법을 배운 자치고 3서클에 오르지 못하는 자는 드물다. 문제는 4서클 이후의 벽이다. 아직 넌 경험하지 못하였겠지만 4서클의 벽에 막혀 괴로워하다 죽거나, 방황하다 폐인이 되는 마법사들이 적지 않다. 언제나 교만하지 말고 최선을 다해 너만의 길을 가거라."

"……."

이제 곧 80세로 접어드는 늙은 스승님.

6서클의 마도사라는 칭호를 받는 마법사였지만 세월은 이길 수 없었다.

하얗게 세어버린 머리칼과 늘어진 주름살.

그러나 현명함은 더하셨는지 하늘빛 눈동자는 젊은 사람 못지않게 반짝였다.

"스승님의 말씀, 가슴 깊이 새기겠습니다."

나는 너무나 복이 많은 사람이었다.

타로칸 스승님에 이어 칼로얀 스승님까지 좋은 스승만 내 곁에 계셨다.

"본래 마나 스태프는 마법사의 마나를 집중, 증폭시켜 빠른 시간 안에 원하는 마법을 발현하도록 도와주는 보조 장치다. 그러나 마정석이 보편적으로 사용되면서 스태프는 보조가 아닌 주가 되는 경향이 짙어졌다. 그렇기에 전투마법사를

양성하는 라피스 학파에서는 깨달음을 통한 서클의 진보보다
는 3서클이라도 파괴적인 마법을 구사할 수 있는 마나 배양
과 마나 스태프를 통한 증폭 마법에 주를 두게 되었다. 전투
마법사의 특성답게 빠르고 쉽게 양성하여 사용할 수 있는 방
법으로 탄생한 이단아들이지."

　스승님이 속한 원뿌리인 카젤 학파와 반대되는 라피스 학
파를 탐탁지 않게 말하시는 스승님.

　"카론, 하지만 명심하거라. 아무리 마정석을 통하여 본래
의 마나보다 몇 배나 강한 마법을 사용할 수 있을지라도 그것
은 본모습이 아닌 부풀려진 허상에 불과하다는 것을 말이다.
진정한 마법사란 스스로 축적한 마나와 깨달은 의지를 합일
하여 마나를 만들어내는 자. 그들이 진정한 마법사라 할 수
있는 것이다."

　'내 것. 아베루 경도 말하였지. 검술이 따로 있는 것이 아
니라 내가 검이고 검이 나인 것을 깨닫는 것이 곧 검이라고.'

　하나둘씩 깨달아가자 모든 것이 하나의 진리로 통일됨을
느꼈다.

　"나는 믿는다. 카론, 너라면 메이지 마스터 안젤리카님을
뛰어넘을 위대한 마법사가 될 것을 말이다."

　이제 3서클을 마스터한 나에게 많은 기대를 걸고 계시는
스승님의 눈빛.

고개를 숙였다.

"스승님의 뜻을 받들어 최선을 다하겠습니다."

어차피 마법에 발을 들여놓은 상황.

최선을 다할 것이다.

내가 살고 있는 내 인생은 나의 것이지 타인의 삶이 아니었다.

"그래, 카론. 너는 할 수 있을 것이다. 너의 마나는 푸른 숲과 저 넓은 호수를 닮아 있다. 그것을 잊지 말라. 자연의 모든 것이 너의 스승이자 친구라는 것을 말이다."

"네, 스승님."

아무것도 아닌 말 같지만 깨달음을 얻어 6서클에 오른 마도사가 하는 충고.

감사히 머릿속에 깊이 각인시켰다.

어느 순간 벽에 부딪친 나를 구원할 희망의 씨앗들이었다.

"그럼 가보거라. 세비스 섬의 훈련장은 쉬운 곳이 아니니."

"물러가겠습니다, 스승님."

공손히 고개를 숙이고 스태프를 들고 스승님의 방에서 물러났다.

'이것이 마나 스태프!'

타로칸 스승님이 지팡이 대신 사용하고 계셨던 마나 스태프와는 차원이 다른 금속성의 마나 스태프.

길이는 1미온 정도였고, 둘레는 손에 알맞게 잡혔다. 거기에 마나 스태프의 중심을 이루는 끝부분은 6등급의 마정석이 연한 푸른빛을 뿌리고 있었다.

'레포르 학파 특성답게 블루 계열의 마정석을 사용했군.'

금속성의 마나 스태프는 약간의 미스릴과 미스릴만은 못하지만 마법 금속이라 불리는 실버라이문의 합금으로 만들어져 있었다.

그리고 그런 마나 스태프의 핵이라 할 수 있는 마정석은 수 계열 마법에 더욱 활성화되는 블루 계열의 마정석이었다.

레드 빛의 마정석은 화염 계열의 특성을 많이 담고 있었고, 블루는 수 계열, 옐로우 빛은 대지 계열, 실버는 풍 계열의 속성을 띠고 있었다.

그러한 특성 때문에 마병갑에 사용되는 마정석에 따라 뿜어지는 빛깔도 달라진다 하였다.

'한번 펼쳐 보고 싶군.'

평소 마법 방어진이 펼쳐져 있는 수련실에서 마음껏 펼쳤던 마법.

마나 스태프가 들리자 바로 달려가 미친 듯이 마나를 쏟아내고 싶었다.

그러나 내일 세비스 섬에 마법 수련을 하러 가야 하는 순간.

오랜만에 깊은 수면을 취하고 싶었다.

탁탁.

방으로 돌아가는 길.

발걸음이 가벼웠다.

탈칵.

방문을 열었다.

2년 동안 단 한 번도 자본 적 없는 마탑 5층의 내 방.

비록 내가 없더라도 5층을 담당하는 하인들이 매일 깨끗이 치웠을 것이다.

'응?

그렇게 방으로 들어선 순간 내 방 창가에 익숙한 누군가의 그림자가 보였다.

'루이나?

이미 어스름을 넘어 깊어가는 밤.

창문을 통하여 시원하게 호수의 바람이 불어왔고, 그 바람에 루이나의 긴 머리칼이 사라락 흩날렸다.

'음……'

그리고 가슴을 뛰게 만드는 사과 향.

나는 그대로 멈춰 루이나의 달콤한 향기를 폐부 깊숙이 들이켰다.

“어머, 카론. 벌써 끝났어?”

눈을 감은 내 귓가에 들려오는 루이나의 맑은 목소리.

“응, 루이나. 스승님께서 나에게 귀한 마나 스태프를 선물로 주셨어.”

“그러실 줄 알았어. 할아버지는 언제나 제자들을 맞이하면 마나 스태프를 준비하시기 시작하지. 아마 카론이 들고 있는 마나 스태프도 할아버지가 직접 만든 걸 거야.”

“그래?”

정말 제자들에 대하여 각별한 칼로얀 스승님이셨다.

지난 2년 동안 내가 열심히 한 이유도 있었지만 어려움에 처할 때마다 스승님께서 나를 마나의 길로 인도해 주셨다.

“호호, 그럼. 그래도 할아버지께서 조금 놀라셨을 거야. 얼마 전에 왕궁에서 오신 왕실 궁정마법사 발레포트 경에게 카론 네 자랑을 얼마나 했다고. 듣고 있는 내가 다 민망할 정도였어.”

‘스승님……’

울컥, 가슴으로 스승님의 큰 사랑이 느껴졌다.

“너무 감동하지는 마. 할아버지는 원래 욕심 없이 베풀기를 좋아하는 분이셔. 아마 내가 아니었다면 이 영지도 버리고 한적한 곳에 가서서 홀로 연구나 하고 사셨을 거야.”

할아버지를 닮아 백작가의 하나뿐인 상속녀임에도 소탈하

기 그지없는 루이나.

창밖에서 호수에 반사되는 달빛이 루이나를 은은하게 감싸고 있었다.

"그런데 루이나, 여기는 무슨 일이야?"

아무리 나와 루이나는 친구 사이지만 이런 시간에 함께할 정도의 사이는 아니었다.

"그냥……. 원래 이곳이 카론이 오기 전까지 내 방이었어. 이 방에 오면 마음이 편해. 엄마와 아빠랑 함께 있었던 바닷가 마을이 생각나. 그곳에서도 창문을 열면 이렇게 출렁이는 잔물결이 보였거든."

말을 하면서 어느새 창가로 눈을 다시 돌리고 멍하니 밖을 바라보는 루이나.

'루이나…….'

그녀의 슬픔이 달빛을 타고 방 안을 촉촉이 적셨다.

'어머니…….'

그리고 나 또한 어머니가 생각났다.

언제나 아픈 몸을 이끌고 나 하나만을 바라보며 사셨던 어머니. 마지막까지 가시는 길에 이 못난 아들을 위하여 목숨을 던지셨다.

저벅저벅.

루이나가 서 있는 창가에 다가섰다.

“아……!”

보이는 광경에 작은 탄성을 질렀다.

달의 여신 셀리어스가 은빛 옷자락을 날리는 것처럼 달빛에 부서지는 작은 물결들의 흔들림.

춤을 추는 것 같았다.

잔잔한 몸짓을 달빛에 부딪치며 끊임없는 포말을 만들어내면서 호수는 춤을 추고 있었다.

또로록.

‘루이나…….’

그리고 보였다.

멍하니 달빛에 춤을 추는 호수의 물결을 바라보며 눈물을 흘리는 루이나.

가슴 한쪽이 사르르 저려왔다.

톡.

그녀의 머리가 내 어깨 위로 살포시 내려왔다.

움찔, 심장이 놀랐다.

그러나 나는 움직일 수 없었다.

어느새 내 마법사 로브 위에 그녀의 머리칼이 사르르 깔려 있었다.

‘아……!’

짜르르 가슴을 울리는 작은 마음의 탄성, 그리고 그녀의 향기.

달의 여신 셀리어스의 축제에 어느새 나도 초대를 받고 있었던 것이다.

'루이나······.'

촤악! 촤악!

"헙!"

"호호호! 호호호호!"

"하하하하! 하하하!"

"크크크크. 카론, 아주 볼만하다."

'썩을!'

난생처음 배를 탔다.

그리고 나는 아침에 두둑이 먹어둔 음식들을 호수 위로 뱉어야 할 상황에 처해 버렸다.

말로만 듣던 뱃멀미.

오랜만에 다 모인 선배들이 나의 재롱에(?) 배를 잡고 웃고 있었다.

'루이나, 너마저도.'

물론 웃고 있는 사람 중에는 어제 잊지 못할 추억을 만든 루이나도 포함되어 있었다.

"흥! 촌놈이 가지가지 하는군."

그러나 나를 여전히 반기지 않는 한 놈의 목소리에 넘어오려는 음식을 다시 삼킬 수 있었다.

'저놈은 여전히 밥맛이군.'

마탑 지하 수련실에서도 얼굴을 몇 번 마주쳤지만 언제나 나에게 차가웠던 벨루트.

2년 전보다 성숙해서 어느새 귀족가 청년의 모습이 보였다.

하지만 고집스러워 보이는 입술과 오만한 눈동자 빛은 더 강렬해지고 있었다.

'세루반 선배는 왜 갈수록 얼굴이 어두워지지?

지하 수련실은 개인 수련을 중점적으로 하는 곳이기에 각 공간이 확연하게 구분되어 있었다.

거기에 마법사들답게 저마다 수면 시간과 식사 시간이 달랐다.

그렇기에 얼굴을 볼 시간이라고는 서고에서 마주치는 몇 번이 전부였다.

물론 나에게 경쟁심이 없는 루이나는 제외였다.

"호오, 그런데 카론, 못 본 사이에 제법 사내다워졌어? 마법사가 가슴도 탄탄하고 키도 크고 하체도 단단하고 말이야."

3서클에서 멈춰 따로 세상에 나가 수련을 하고 돌아온 미즈란 선배가 요염한 입술을 움직였다.

붉은빛이 도는 은은한 금발은 화사한 얼굴과 함께 너무나 잘 어울렸다.

"미즈란 선배, 카론에게 관심있어요? 호호, 왕도에 약혼자도 있으신 선배께서 그러시면 안 되죠."

입가에 미소를 지으며 갑자기 미즈란의 말을 막아서 버리는 루이나.

"아니, 뭐, 그렇다는 거야. 그리고 사실 마법사 중에 카론 같은 남자는 드물잖아. 마치 스피릿 나이트 같은 분위기가 물씬 풍기니 누가 마법사로 보겠어."

루이나의 말에 서둘러 변명을 하는 미즈란 선배였다.

"카론, 마법 실력은 좀 늘었느냐? 2년 정도면 이제 2서클은 도달했겠구나."

"에이, 설마요. 2년이면 룬 어를 비롯해서 마법 공식 배우기도 벅찬 시간이죠. 기껏해야 1서클을 마스터하고 2서클을 노크하고 있겠죠."

아버지가 부유한 상인 출신이라는 두레안 선배가 뚱뚱한 몸을 흔들며 말을 꺼냈다.

"흐흐, 설마 저 자식이 2서클에 도달했을까요? 산골에서 살다 온 촌놈 주제에."

부정적인 말을 꺼내는 벨루트.

"흥! 그러다가 만약 카론이 선배들을 뛰어넘어 먼저 4서클에 도달하면 어떻게 할 건데요? 사람 무시하면 안 돼요. 특히 한 살이라도 젊은 마법사는 무시하는 게 아니라고 할아버지가 말씀하셨어요."

내가 이미 3서클 마스터의 경지에 오른 것을 알면서도 루이나는 시치미를 떼며 선배들을 공격했다.

"그, 그래, 스승님께서 그리 말씀하셨지."

"루이나, 수상해. 혹시 저 잘생긴 은발의 청년에게 관심있는 거 아냐?"

"미즈란 선배!"

자이콥이 당황하는 사이 미즈란이 복수를 하겠다는 듯 나를 걸고 넘어졌다.

"호호, 여자의 직감은 못 속여. 루이나, 얼굴은 왜 빨개지는데? 카론이 좋으면 좋다고 말해. 내가 다 용서해 줄 테니까."

기회를 놓치지 않고 미즈란은 계속 루이나를 약 올렸다.

'이게 호수구나.'

호수의 도시 루세프 영지에 살면서도 단 한 번도 배를 타본 적이 없는 나였다.

그런 나에게 물살을 가르며 나아가는 배는 새로운 감동을 주었다.

바람을 머금은 하얀 돛과 바삐 움직이는 선원들.

샤빌 호수가 바다처럼 넓다 하더니 배도 생각보다 훨씬 컸다.

"올해도 폭풍의 신 라비돈님의 계절이 다 가도록 그놈들이 나타나지 않는군. 3년 전만 해도 대단했었는데."

"그러게 말입니다. 놈들 때문에 우리 아버지도 제법 손해를 보았었지요. 바닷가와 이곳 호수까지 침범한 그놈들 때문에 말입니다."

"호호, 이 미즈란님의 마법이 무서워서일 거야. 3년 전에도 내가 서펜터 한 마리를 얼려 죽이지 않았겠어."

'서펜터라면 바다의 몬스터가 아닌가? 샤빌 호수의 끝이 바다와 맞닿아 있다는 말이 사실인 것 같군.'

"뭔가 찜찜해. 놈들이 3년 동안 이곳에 나타나지 않을 리가 없는데 말이야."

자이콥 선배가 입맛을 다시며 수상하다는 말을 꺼내었다.

"호호, 할아버지의 아이스 블레이드를 다시 맛보고 싶지 않아서 그러지 않겠어요? 3년 전에도 할아버지께서 다 쓸어버리셨잖아요. 누가 잡은 한 마리 서펜터만 빼고요."

"캬아! 그때 스승님께서 대단하셨지. 마병갑 센티얼스를 입으시고 물 위를 뛰어다니며 놈들의 몸뚱이에 4서클 아이스 대거와 스톰 플러쉬를 작렬시켰을 때, 난 눈물까지 흘렸잖아."

진중한 맛이 없는 두레안 선배가 침을 눈에 바르며 그때의 상황을 재현하였다.

"맞아. 우리가 걱정할 일은 아니다. 스승님께서 버티고 있으시다면 놈들도 어쩌지 못할 것이다."

두레안 선배의 말에 고개를 끄덕이며 자이콥 선배는 스승님께 무한한 존경심을 드러내었다.

뿌우웅! 뿌우웅!

그때, 망루에 올라서 있던 병사가 길게 뿔 고동 소리를 울렸다.

"세비스 섬이다!"

"크윽! 2년 만에 만나는데 왜 이리 하나도 반갑지 않지."

"아윽, 빨리 4서클에 도달해야지. 올해도 피부 다 버리겠네."

화기애애하게 떠들던 선배들의 얼굴이 근심으로 바뀌었다.

"호호, 바비스 할아버지는 잘 있는지 모르겠어요."

"끄응. 바비스 마법사님을 누가 데려가? 명부의 사신인 칼브레이드도 포기하신 분을."

"아마 올해는 더 잡아먹지 못해 안달하실 것이야. 아직도 4서클 벽을 돌파하지 못했냐고 말이야."

루이나와 달리 바비스라는 말에 사색이 되어가는 선배들.

'바비스. 5서클 마법사. 레포르 학파의 마법사. 스승님의 후배가 되시는 분.'

머릿속에 스쳐 지나가는 바비스라는 분의 정보.

루세프 백작 영지의 두 번째 실력자였다.

"모두 알지? 레비테이션 마법을 신속하게 펼쳐야 돼!"

"선배나 걱정하지 마세요. 아이스 볼에 맞아서 그때처럼 물속에 가라앉지나 마시고요. 호호!"

자이콥 선배의 말에 미즈란 선배가 약을 올렸다.

"카론, 배가 멈추면 신속하게 레비테이션 마법을 펼쳐야 돼. 그리고 땅에 되도록 빨리 내려. 알았지?"

루이나가 걱정스러운 눈빛으로 나를 바라보았다.

"응, 그럴게."

2서클 응용 마법인 레비테이션.

4서클부터 펼칠 수 있는 플라이 마법과 같은 계열인 공중 부양 마법 중 하나였다.

'괴짜라 하더니 정말 그런 것 같군.'

왜 선배들이 세비스 섬을 두려워하는지 본능적으로 알 수 있었다.

"배를 멈춰라!"

어느새 섬을 100미온 앞에 둔 배가 멈춰 섰다.

"가자! 레비테이션!"

"레비테이션!"

이미 배 위에서 주문을 외우고 있던 선배들이 힘차게 영창을 외웠다.

"레비테이션!"

내 입에서 짤막하게 마법 영창이 터져 나왔다.

쉬이익.

배 위로 떠오르는 몸.

루이나의 뒤를 따라 육지를 향해 천천히 몸을 날려갔다.

'저 자식이!'

아무리 2서클 마법이지만 수련 기간이 이제 갓 2년밖에 안 되는 놈이 주문과 영창을 완벽하게 완성했다.

더욱이 배 위에서 떠올라 선배들의 뒤를 따라가는 카론이라는 놈은 마법이 안정화되어 흔들리지도 않았다.

'마나 스태프를 받았다는 것은 저놈이 3서클에 올랐다는 증거겠군. 으드득!'

생각했던 것보다 월등한 카론의 마법적 재질에 벨루트는 이를 갈았다.

지방의 중소 귀족인 다시안 남작가의 장남인 벨루트.

마법적 재능이 뛰어나지만 야심 또한 큰 자였다.

그렇기에 칼로얀 백작에게 의도적으로 접근해서 지금의 위치에 이를 수 있었다.

'루이나!'

카론이라는 자의 옆에서 나란히 날아가는 루이나를 바라보며 질투의 눈빛을 활활 태우는 벨루트.

"레비테이션!"

신경질적으로 마법을 영창하며 몸을 띄웠다.

처음 볼 때부터 마음에 들지 않았던 카론이라는 놈.

무언가 대책을 세워야 할 것 같다는 생각이 가슴 깊은 곳에서 떠올랐다.

"빨리 속력을 내! 여기서 추락하면 병사들에게 쪽팔리잖아!"

선두에 선 자이콥 선배가 긴장하며 소리쳤다.

그러나 4서클 플라이 마법과 달리 레비테이션은 공중부양이 목적인 마법이었다.

그렇기에 신경을 집중하고 마나를 불어넣어도 그리 빠른 속력으로 하늘을 날 수 없었다.

'샤빌 호수를 수호하는 수군인가.'

루이나에게 들었던 샤빌 호수의 수군.

엄청나게 넓은 샤빌 호수는 가끔씩 바다와 연결된 하류를 타고 몬스터들이 출몰한다 하였다.

그런 까닭에 몬스터를 퇴치하기 위한 수군이 존재하였다.

세비스 섬은 그런 수군의 수군기지였다.

"움하하하하하하하하하하하하! 이놈들아!"

그때 세비스 섬에서 들려오는 엄청난 광소.

"으아아! 나, 나타났다! 모두 조심해!"

"으앙! 이번에도 빠지면 콱 혀를 깨물고 죽어버릴 거야!"

"에구구! 제발!!"

"간다, 이놈들아! 매직 미사일! 아이스 볼트! 에어 볼!"

'혁! 공, 공격 마법!'

엄청난 광소와 함께 갑자기 세비스 섬에서 날아오는 마법들.

'빠지면 죽을 수도 있다!'

꿀꺽 침이 넘어갔다.

세비스 섬과의 거리는 이제 50미온.

날아가는 몸 바로 아래에서는 푸른 호수물이 출렁이고 있었다.

그런데 작심하고 죽이려는 듯 2서클 마법들이 작렬해 왔다.

"피해!"

"으아아아아아아악!"

선두에서 섬을 향해 날아가던 자이콥과 두레안, 미즈란 선배의 입에서 처절한 비명이 흘러나왔다.

쉬쉬쉬쉬쉭!

피비비비비빙!

어른 팔뚝만 한 매직 미사일의 마나 덩어리와 새하얀 얼음의 결정 상태의 아이스 볼, 그리고 일렁거리는 빛 덩어리의 에어 볼이 허공을 스치고 지나갔다.

하지만 다행스럽게 마법에 맞아 물속에 빠지는 사람은 없었다.

'저 사람이 바비스?

어느 틈에 섬에 나타난 한 사람.

누렇게 때가 낀 마법사 로브를 걸치고 마나 스태프를 치켜들며 우리들을 노려보고 있었다.

아니, 사냥감을 노리는 짐승의 눈처럼 새파랗게 빛내고 있었다.

"호오, 올해는 제법이구나. 그러면 이것도 받아봐라! 크크크!"

파지지직!

말이 끝나기가 무섭게 바비스라 짐작되는 마법사의 스태프에서 엄청난 마나들이 불꽃을 튀겼다.

"살려주세요!"

"으아아아! 바비스 스승님!"

스무 살을 넘어선 선배들이 살려달라 애원하였다.

"크하하하하! 나에게 어설픈 자비 따위는 없다! 가랏! 칼로얀 선배의 똘마니들아! 이것이 3서클 레블루션 라이트닝이다!"

'레블루션 라이트닝?

듣지도 보지도 못한 3서클 마법 레블루션 라이트닝!

집중을 생명으로 여기는 마법사가 스태프를 풍차처럼 돌렸고, 그 순간 3서클 라이트닝의 벼락 수십 줄기가 형성되며 날아왔다.

"아악!"

옆에서 날아가던 루이나가 파란 전격의 빛줄기에 비명을 질렀다.

'이런!'

마나를 돋웠다.

그리고 루이나의 앞으로 날아갔다.

"으아아악!"

찌지지지지직!

"크아아아아악!"

레비테이션 마법에 마나를 집중하고 있던 삼 인의 선배가 처절한 비명을 지르며 순식간에 시야에서 사라졌다.

하얀 마법사 로브와 머리칼에서 불꽃이 튀면서 5미온 아래로 하강하는 선배들.

파지지지지직!

그렇지만 아직도 배고픈 라이트닝의 불꽃.

나와 루이나를 향해 그대로 달려왔다.

'더블 캐스팅!'

난생처음 받아보는 마법 공격.

순간적으로 서고에서 보았던 더블 캐스팅이 머리를 스치고 지나갔다.

우연히 서고에서 발견한 더블 캐스팅의 마법 발현이라는 오래된 마법 서적.

"에어 실드!"

의지를 발현시켜 순식간에 마법을 영창하였다.

마법사의 생명 보호는 메모라이즈라는 격언답게 매일 빼놓지 않고 메모라이즈해 두었던 에어 실드.

마나 홀을 타고 마나 스태프로 전달된 마나가 내 전방에 반투명한 에어 실드를 만들어내었다.

파지지지지지지지지직!

그리고 부딪치는 레블루션 라이트닝.

힘차게 실드에 마나를 공급하며 비행을 강행하였다.

"아……!"

"어어!"

그 와중에도 몸은 어느새 섬에 이르렀고, 몇 사람의 탄성이 귓가에 들렸다.

"더, 더블 캐스팅?"

놀란 루이나의 음성.

"오오! 그래, 오랜만에 쓸 만한 놈이 나타났군. 크크크, 나이도 어린놈이 더블 캐스팅을 사용할 수 있을 정도로 마나가 넘쳐 난다, 이거지?"

'정말 이 사람이 마법사가 맞는 것인가?'

땅에 내려서자 확연히 보이는 바비스 마법사의 몰골.

몇 년은 빨지도 않은 마법사 로브가 때에 절어 누렇게 변색되어 있었고, 그 로브 위로 보이는 펑퍼짐한 얼굴은 난생처음 보는 얼굴이었다.

오크가 형님이라고 할 정도로 주먹만 한 들창코에 작은 눈동자, 누런 이빨에 얼굴에는 검버섯까지 피어 있었다.

"바비스 스승님을 뵙니다."

"바비스님을 뵙습니다."

내 뒤쪽으로 따라오고 있던 벨루트와 세루반이 착지하며 서둘러 바비스 마법사에게 인사를 건네었다.

"바비스 할아버지! 흥, 저에게까지 그렇게 하실 수 있어요! 아무리 할아버지께 쌓인 게 많다지만 이러면 안 되죠!"

루이나가 바비스 마법사에게 따지듯 물었다.

"내가 뭘? 이 정도는 으레 있는 환영 인사지. 어차피 이곳의 수련 방식은 모두 나에게 일임되었으니까 내 마음이지. 그게 싫으면 집에 가든가."

루이나의 말에 두툼한 손으로 넓은 코를 쑤시며 배짱을 부리는 마법사 바비스.

'괴짜군. 후후후.'

한눈에 봐도 알 수 있는 자유스러운 영혼 바비스.

세슬 마을에 계시는 타로칸 스승님과 같은 영혼의 냄새가 풍겼다.

"으으……."

"에취!"

거의 다 섬에 다가와서 추락한 세 선배.

물에 젖은 마법사 로브를 걸치고 마나 스태프를 꼭 움켜쥐며 물속에서 걸어나왔다.

"클클, 네놈들은 여전히 실력이 형편없구나. 이번에도 나를 한없이 즐겁게 해줄 것 같아."

물에 젖은 생쥐 꼴로 다가오는 세 사람을 향해 누런 이를 반짝이며 바비스의 작은 눈이 반짝였다.

먹이를 희롱하는 맹수의 장난스러운 눈빛이었다.

"바비스 스승님……."

"흑흑, 이번에는 제발."

바비스에게 제법 시달림을 당한 듯 세 선배는 얼굴이 파랗게 질려갔다.

"아니꼬우면 4서클 해먹어라. 나 같으면 더러워서라도 4서클 벽을 허물고 말겠다."

4서클을 돌파하는 것이 쉽지 않음을 알면서도 약을 올리는 바비스.

"그런데 네놈은 누구냐? 칼로얀 선배가 새로 거두었다는 그놈이더냐?"

마법사 바비스가 나를 작은 눈으로 지그시 바라보았다.

"카론이라고 합니다. 잘 부탁드립니다."

선배들로부터 스승이라 불리는 자.

고개를 숙여 예의를 차렸다.

"그래, 한번 잘해보자. 네놈 정도면 한번 기대해 볼 만하겠구나. 크크크."

알 수 없는 말을 중얼거리는 바비스.

성큼 걸음으로 시야에서 사라져 갔다.

"가자. 이제부터 지옥 훈련이니 각자 알아서 버텨라."

자이콥 선배가 손으로 로브의 물을 짜면서 바비스를 노려보았다.

"쳇, 올해도 생쥐 꼴이니 이거 더러워서라도 4서클 벽을 깨든지 해야지."

"호호, 카론, 고마워."

"그런데 너희들은 왜 멀쩡해? 설마 바비스 스승님이 봐준 거야?"

멀쩡한 나와 루이나를 바라보며 의아한 눈빛을 보이는 세 사람.

"호호, 나중에 알게 될 거예요."

루이나가 귀여운 보조개를 만들며 나에게 윙크를 던졌다.

'세비스…….'

눈을 돌려 제법 넓은 세비스 섬을 둘러보았다.

이름도 모르는 물새들과 조용히 철썩이는 호수의 물결.

세슬 마을에 돌아온 것처럼 마음이 편안해지기 시작했다.

"바비스 할아버지는 할아버지의 사제야. 레포르 학파의 대마법사이셨던 아포르님이 두 분의 스승님이셨지. 그런데 할아버지가 아포르님의 후계자로 지목이 되고, 백작의 작위와 마병갑 센티얼스까지 받게 되자 바비스 할아버지는 세상으로 나가셨대. 본래 마법사 세계에서도 냉정한 부분이 많아. 특히 학파를 계승하는 자는 엄청난 특권을 받고, 그렇지 않은 제자들은 세상에 나가 자신의 힘으로 살아남아야 해."

타다, 타다닥!

세비스 섬에도 마법사들을 위한 특별한 시설이 존재했다.

먹고 잘 수 있는 숙소도 있었고, 시중을 드는 하인들도 있었다.

그렇게 하인들이 차려주는 저녁을 먹은 뒤 작은 장작불을 피웠다.

마법을 수련하는 동안에 해보지 못한 옛 추억이 떠올라 마당에 불을 지핀 것이다.

그러자 어느새 나타난 루이나가 바비스에 관한 이야기를 꺼내었다.

"카론, 그거 알아? 만약 할아버지가 후계자를 지목하면 그 마법사는 마병갑 센티얼스와 레포르 학파의 정통 계승자가 돼. 그리고 카젤 마탑에 가서 당당히 자신의 이름을 올릴 수 있어. 마법사로서 엄청난 권력을 쥐게 되는 거야."

'엄청난 혜택이군.'

더욱이 칼로얀 스승님에게는 영지를 물려줄 남자 후손이 없었다. 마법사가 받는 영지는 그 후계자에게 계승되는 것이 원칙이라고 한다.

보통 자식이 마법을 수련하면 공을 인정받아 일순위로 영지를 승계할 수 있지만 루이나와 같은 상황이 되어버리면 이 영지는 허공에 떠버리는 것이다.

그러기에 칼로얀 스승님의 정식 후계자로 지목되면 백작 영지와 마병갑 센티얼스, 그리고 레포르 학파의 정통 계승자가 되어 중앙 학파에 가서도 당당히 어깨를 펼 수 있게 된다는 것이다.

"카론, 난 요즘 바라는 게 하나 있어. 그게 뭔지 알아?"

다리 위로 팔을 포갠 그 위에 얼굴을 대며 나를 바라보는 루이나.

장작불에 그녀의 하늘색 두 눈이 아쿠아마린 보석처럼 반짝였다.

말없이 그녀의 매혹적인 눈을 바라보았다.

"그건 카론이 우리 할아버지의 후계자가 되는 거야."

"……."

갑작스럽게 듣게 된 루이나의 고백.

아무 말도 못하고 루이나의 붉은 입술을 볼 뿐이었다.

"카론을 처음 구할 때 가슴이 뛰었어. 푸른 물 위에 풀어헤쳐진 투명한 은발의 소년. 잠을 자는 듯 하얗게 질려 버린 얼굴과 고통에 찡그리는 가여운 눈동자, 그리고 물에서 건져 낼 때 뱉었던 엄마라는 말. 그 순간 나는 심장이 떨렸어."

'루이나…….'

어느새 나와 루이나는 열일곱.

사랑이 무언지 이성이 무엇인지 알 수 있는 나이였다.

그리고 루이나는 너무나 사랑스러운 여인이었다.

"할아버지의 후계자가 되어줘. 그리고……."

말을 하다 말고 나를 향해 따스한 눈빛을 보내는 루이나.

"부모님이 그렇게 돌아가시고 외로웠어. 내가 마법에 목숨을 걸고 매진했던 이유도 모두 다 부모님을 잊기 위해서였어. 그런데 이제 그만 잊을 거야. 언제까지 아빠, 엄마를 생각하며 눈물을 흘릴 수는 없잖아. 이제 나도 누군가의 사랑을 받을 어엿한 숙녀인걸."

두근두근.

심장이 뛰었다.

루이나가 무슨 말을 하는지 너무나 잘 알고 있었다.

칼로얀 스승님의 후계자가 루이나를 지켜주라 하였다.

그리고 나에게는 그런 의무가 있었다.

목숨을 구함받은 자. 샤베토의 의무, 아니, 저렇게 사랑스러운 루이나를 놓치기 싫었다.

"약속해 줘. 반드시 4서클을 돌파해서 할아버지의 후계자가 될 거라고."

여인의 마음이 듬뿍 담긴 모습으로 약속을 바라는 루이나.

나도 모르게 고개가 끄덕여졌다.

"노력해 볼게."

"피이, 기껏 노력이야? 나 같으면 죽을힘을 다 할게라고 할 것 같은데. 호호호!"

내 대답에 맑은 웃음을 터뜨리는 루이나.

그녀가 고개를 들어 하늘의 별을 바라보았다.

"저 별자리가 사시우스 자리야. 사랑하는 이와의 약속을 지켜주기 위하여 염왕의 대지를 밟았다던 영웅 사시우스……. 아라이는 얼마나 행복했을까. 자신을 위해 지옥까지 찾아온 사시우스의 뜨거운 사랑을 절절히 느꼈을 테니까."

영웅 사시우스.

전쟁에 참여하고 온 사이 사랑하는 여인이 정적에게 죽임을 당하자 그녀를 찾아 염왕의 대지를 밟은 위대한 영웅.

마병갑을 걸치고 염왕의 대지까지 쳐들어가 수많은 염왕의 병사들을 물리치고 그의 사랑 아라이를 찾아 왔다고 한다.

수천 년 훨씬 전에 멸망한 마도시대 때의 영웅이었건만 노래와 시가 되어 지금까지 전해져 오고 있었다.

'루이나, 너를 위해서라면 나도 저 별처럼 될 것이다. 내 이름 카론을 걸고 맹세한다.'

아홉 개의 반짝이는 별.

내 마음속에 그 별은 영원히 지켜야 할 약속의 징표가 되어 가슴에 알알이 박혀 들어왔다.

'저 새끼가!'

부들부들 떨리는 마음을 진정시키며 벨루트는 분노에 몸을 떨었다.

지금껏 단 한 번도 스승 칼로얀의 뒤를 잇는 후계자가 될 것을 의심하지 않았다.

위로 세 명의 선배가 있었지만 다들 재능의 한계를 보여왔고, 가문의 뒷받침도 없었다.

그러나 벨루트는 마법적 재능도 탁월한 데다가 가문의 전폭적인 지지를 받아 특별 마법 과외도 받아오고 있었다.

몇 달씩 어머니의 병환을 핑계로 가문에 돌아가 5서클 마법사에게 특별 교육을 받아왔던 것이다.

그렇기에 조금만 더 지나면 3서클 벽을 깨고 4서클에 이를 수 있을 것이라 의심하지 않았다.

그런데 재수없는 놈이 나타난 이후로 모든 것이 엉망이 되어가고 있었다.

과거에는 가끔씩 자신을 향해 미소를 날려주던 루이나가 카론이 나타난 이후로는 그놈에게만 모든 마음을 쏟고 있었다.

'반드시 후계자가 되어야 한다. 우리 가문의 미래와 나의 꿈이 걸려 있다!'

여기서 어정쩡한 마법사가 되어 세상에 나간다면, 그저 그런 마법사가 되어 용병 마법사가 되거나 떠돌이 마법사가 될 것이 분명했다.

아무리 남작가의 장자라지만 4서클 이후의 마법 수련에 필요한 재력을 뒷받침할 수 없었다.

지금도 재정이 빠듯한 시골 남작가.

벨루트는 반드시 칼로얀의 뒤를 이어 레포르 학파의 계승자가 되어야 했다.

'죽여 버릴 것이야! 저 촌놈을 반드시!'

살기가 치솟아올랐다.

우연히 듣게 된 두 사람의 대화.

벨루트의 두 눈이 살기에 번들거렸다.

'흐흐흐, 이곳에서는 사고가 자주 일어나지. 한 사람 병신 만드는 것은 일도 아니야.'

세비스 섬의 수련장.

극한의 마법 발현을 통하여 깨달음을 얻게 만드는 장소.

이곳에서 수련을 거쳐 간 과거의 선배들 중에서도 제법 많은 이들이 다쳐서 병신이 되었다.

그리고 앞으로도 그런 일은 얼마든지 일어날 수 있었다.

아니, 벨루트는 반드시 사고가 일어날 것을 의심하지 않았다.

벨루트의 뛰어난 머릿속에 갖가지 사고들이 그려져 가고 있었기에…….

'오랜만이군, 이런 기분.'

아침이 밝자 시작된 세비스 섬의 수련.

일정한 경계를 이루는 섬 안에서 마법사 바비스와 일대 격전을 치러야 했다.

3서클 마법을 제한으로 마법을 펼쳐 반미치광이 마법사 바비스를 제압해야 했다.

'마법 저항력을 발생시키는 마나 스태프와 보호 마법이 걸려 있는 마법 로브를 걸쳤다 하더라도 3서클 마법에 당하면

사고가 날 수 있다.'

선배들이 왜 세비스 섬을 끔찍이 싫어하는지 그 이유를 알 수 있었다.

마탑의 지하 수련장에서 수련을 하다 어느 정도 때가 되면 이곳에 와서 그동안 배운 마법을 펼치며 자기 것으로 만들었던 것이다.

실전 경험을 통하여 마법사에게 부족한 임기응변을 키워 주는 곳이었다.

사락사락.

제법 숲이 우거진 세비스 섬.

조심스럽게 수풀을 헤치며 마법사 바비스의 공격에 대비하였다. 모두 각자의 구역을 맡아 뿔뿔이 흩어졌기에 다른 이의 도움을 받을 수도 없었다.

더군다나 나는 이곳의 지형을 전혀 알지 못했다. 그렇기에 조심스럽게 메모라이즈해 둔 마법들을 언제든지 펼칠 수 있는 자세를 취하며 주변을 살펴갔다.

찌릿찌릿.

분노의 숲에서 사냥을 하던 습관이 있기에 온몸의 감각이 극도로 긴장하고 있었다.

마법사의 길을 택했지만 검술도 쉬지 않고 수련했다.

아무리 상대가 5서클 마법사라 해도 쉽게 당해줄 수는 없었다.

'이건…….'

분노의 숲에서 살아남은 나에게 느껴지는 누군가의 기척.

비록 스피릿이 사라졌지만 기감은 그대로 살아 있었다.

'후후, 바비스 마법사. 한 방에 나를 보내려 하시는군.'

마법을 비롯하여 일체의 공격 방법이 허락된 곳.

전투 시에 마법사라고 봐주는 것은 절대 없을 뿐만 아니라 제일의 척결 대상이 바로 마법사였다.

그렇기에 실제 전투 상황과 비슷한 수련장.

마나 스태프에 마나를 집중시키며 천천히 모르는 척 앞으로 걸어나갔다.

'함정? 하하하!'

오랜만에 마음속으로 기분 좋게 웃었다.

숲 중간에 파져 있는 함정은 제법 위장이 잘돼 있었지만 전직이 사냥꾼인 나에게는 어림없었다.

스윽.

왼손에 마나 스태프를, 오른손에는 숲에 들어오면서 만들어두었던 나무창을 들었다.

저벅저벅.

그리고 옮겨지는 발걸음.

함정 앞에 몸이 거의 다다랐다.

"크하하하! 애송아! 딱 걸렸다. 스탈락! 윈드 피스트!"

콰드드드드득!

쉬쉬쉬쉬쉬쉭!

10미온 거리의 옆에서 모습을 드러내며 마나 스태프를 나를 향해 가리키는 바비스.

그 순간 땅속에서 갑자기 바위들이 1미온 크기로 튀어나오며 나를 에워싸며 달려와 함정 속으로 밀어 넣었고, 투명한 바람의 주먹들이 몸을 띄울 것을 예상하며 나의 상반신을 향해 달려왔다.

'더블 캐스팅은 우습다는 소리군.'

하급 마법사의 더블 캐스팅은 대단한 것이지만 상급 마법사의 더블 캐스팅은 노하우였다.

"타앗!"

마법을 사용할 것도 없었다.

충분히 대비하고 있는 순간.

가볍게 몸을 날려 윈드 피스트 마법이 달려오기 전에 바위 위로 몸을 날렸다.

"어어!!"

보통의 마법사라면 몸이 무거워 불가능했겠지만 나는 본래 마법사가 아니었다.

이에 놀라는 바비스 마법사의 목소리.

“아이스 볼트!”

2서클 마법 중 가장 빠른 속도를 내는 아이스 볼트를 스태프를 휘두르며 펼쳤다.

몸을 날려 바닥을 뒹굴며 자리를 잡자마자 쏘아낸 마법이었다.

“으아아! 실드!”

예상치 못한 공격에 당황하며 실드 마법을 펼치는 바비스.

5서클 마법사답게 실드 마법 정도는 시동어만으로 가볍게 펼쳤다.

‘저 정도 연륜과 서클이라면 적어도 열 개 이상의 마법을 메모라이즈해 두었을 것이다. 그렇다면!’

머릿속으로 빠르게 계산이 되었다.

타다당!

그 와중에 내가 뿌린 십여 개의 아이스 볼트가 반투명한 마나 실드에 부딪치며 사라지는 모습이 보였다.

“이! 건방진 놈이! 받아라! 슬로우!”

쉬리리리릭!

3서클 마법이지만 시전자의 마나 양과 서클의 이해 능력에 따라 하급 마법사를 묶어버리는 슬로우 마법.

바비스의 스태프에서 만들어진 마법의 그림자가 순식간에 내 사방을 에워쌌다.

‘역시 고서클의 마법사답군!’

내 몸놀림이 예사롭지 않다는 것을 알고 슬로우 마법으로 몸을 묶어버리려는 바비스.

머릿속으로 메모라이즈해 두었던 마법들이 빠르게 떠올랐다.

“슬로우!”

그리고 내 입에서도 바비스를 향해 슬로우 마법의 영창이 울려 퍼졌다.

“컥! 슬, 슬로우!”

스르르륵.

마법을 펼침과 동시에 온몸에 느껴지는 슬로우 마법의 마나들. 온몸이 무기력증에 걸린 것처럼 천천히 움직였다.

“이, 이… 놈이……!”

내 예상치 못한 마법에 입을 천천히 움직이며 작은 단추 같은 눈에 분노를 드러내는 바비스 마법사.

3서클 마법사인 내가 펼친 마법이라 우습게 보일지 몰라도 내 축적된 마나 양은 스승님도 감탄할 정도.

함부로 마법을 깨뜨리지 못할 것이다.

스으으으으으윽.

바비스의 손이 천천히 올라가며 나를 향해 마나 스태프가 겨냥되었다.

슬로우 마법에 걸렸지만 마법을 발현하는 데는 그리 큰 영향이 없었다.

'이까짓 슬로우 마법 따위가!'

육체를 옭죄는 슬로우 마법의 마나 기운들.

이를 악물고 마나 홀의 마나를 모조리 끌어올렸다.

두두둥!

그 순간, 기다렸다는 듯 공명을 일으키는 가슴속 세 개의 서클 테두리.

속박하는 낯선 마나를 밀어내기 위하여 마나들이 벌겋게 달아오르는 것이 느껴졌다.

"애… 송이……. 흐… 흐흐."

슬로우 마법 덕분에 웃는 입술을 천천히 움직이며 괴기스러운 모습을 보이는 바비스가 나를 향해 비웃음을 던졌다.

어느새 마나가 모여지는 바비스의 마나 스태프.

내 것과는 등급이 확실히 다른 마정석에 마나가 모여들며 마나의 빛이 휘몰아쳤다.

'으드득!'

아무리 수련이지만 나를 얽매고 있는 마법의 그물.

이를 악물며 온 마나와 근육에 힘을 보탰다.

투두두둑.

몸을 움직였다.

천천히 움직이는 내 육신.

타다다다닥!

한 걸음, 두 걸음 움직이며 바비스에게 다가갔다.

'이건!'

그리고 느껴지는 속박으로부터의 해방.

놀랍게도 서클이 공명을 일으키며 마나가 온몸의 근육에 힘을 실어주었고, 온몸은 그 힘을 받아 속박에서 벗어나기 시작했다.

'마나와 근육의 힘도 공유를 한다! 세상에!'

그리고 깨달은 한 가지.

지금껏 스피릿과 달리 마나와 육체의 힘은 별개로 취급되었던 기존의 마법 이론의 체계가 나에게서 깨져 버렸다.

"어어어……!"

나와 달리 온전한 마나의 힘으로 내 마법을 깨뜨린 것이 분명한 바비스가 놀라 신음을 흘렸다.

스윽.

손에 들리는 나무창.

"뭐야? 이 괴물 같은 놈아! 파이어 애로우!"

빛을 뿜어내는 바비스의 마나 스태프.

"으아아아아!"

그 순간 내 어깨의 근육에 뭉친 마나가 비명 같은 기합 소리와 함께 휘둘러졌다.

쉬이이익.

허공을 가르는 길이 1미온 정도의 작은 나무창.

그 사이를 뚫고 날아오는 파이어 애로우 다섯 개의 그림자.

"으아아! 사람 살려!"

비명을 터뜨리며 몸을 돌리는 바비스.

거리는 5미온.

아무리 마법사 바비스라 해도 내 창을 피할 수는 없을 것이다.

씨익.

입가에 지어지는 미소.

펄럭.

어느 정도 보호 마법이 걸려 있는 로브로 온몸을 가리며 스태프에 박혀 있는 마나를 끌어 모아 마법에 대항하였다.

"크아악! 내 엉덩이!"

그리고 귓가에 들려오는 비명 소리.

퍼버벅!

온몸을 두드리는 끔찍한 고통 속에서도 통쾌한 생각이 스치고 지나갔다.

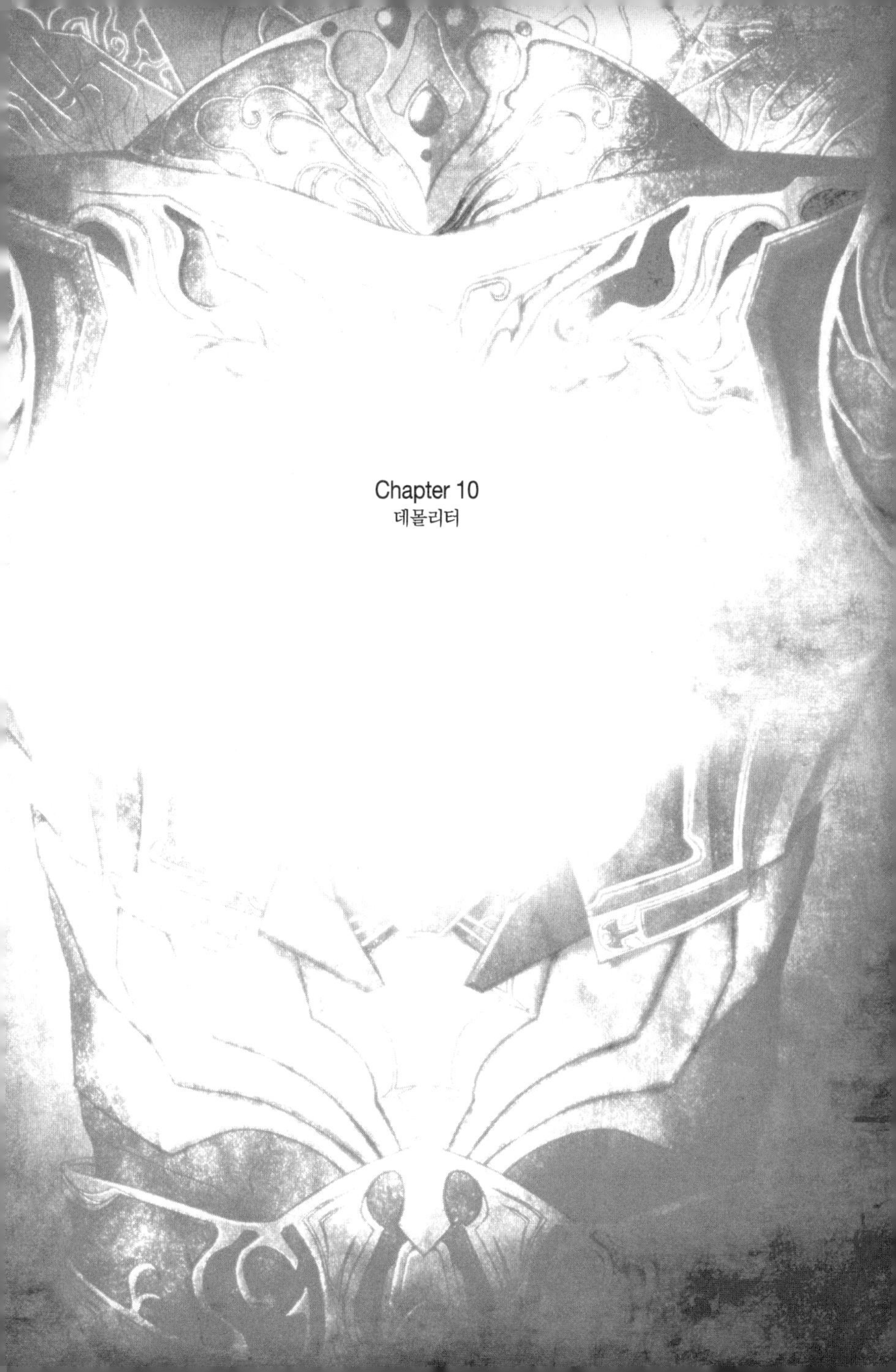

Chapter 10
데몰리터

"으으……."

"정말 너무한 거 아냐? 이제 나도 곧 시집갈 건데. 하필이면 머리칼을 태워 버리면 어떻게 해!"

"말하지 마. 난 매직 미사일에 쫓겨 벼랑에서 구를 뻔했어."

"바비스 할아버지는 너무하셔. 카론은 아무 일도 없었어?"

숙소 개방 시간에 맞춰 돌아오자 나타난 선배들은 모두 신음과 불만을 터뜨렸다.

바비스 마법사가 제대로 마음을 먹었는지 다들 로브가 흙

투성이에 머리칼은 그을려져 있었다.

'갈비뼈에 금이 갔군.'

말은 하지 않았지만 5서클 마법사가 뿌린 매직 미사일에 격중당하고 아무렇지 않다면 그건 거짓말이었다.

생명을 앗아갈 정도의 마나를 사용하지 않는 규칙이 있었지만 부지불식간에 발사된 매직 미사일은 내 방어 한계치를 넘어선 공격이었다.

"난 괜찮아. 그런데 루이나는 안 괜찮아 보이네?"

평소 꽤나 깔끔을 떨던 루이나는 머리는 산발해 있었고 마법사 로브는 흙투성이였다.

"비겁하게 곳곳에 함정을 설치하고 마법으로 밀어 넣었어. 흥! 내일은 용서치 않을 거야!"

"크으, 루이나, 아서라. 그러다 너만 다친다. 그저 조용히 어디에 숨어 있다 돌아오는 것이 제일이야."

다리를 절뚝거리는 자이콥 선배가 손사래를 치며 루이나를 말렸다.

"루이나, 바비스 스승님은 여자에게 원한이 있어. 그러니까 행여나 반항하지 마. 괜히 나처럼 된다."

찰랑거리는 붉은빛 도는 금발이 매력적인 미즈란 선배가 타버린 머리칼을 털어내며 자이콥 선배의 말에 동조하였다.

"그나저나 한 달 동안 어디에 숨어 있지? 에휴, 내 사랑스러운 살들이 고생이 많겠어."

출렁거리는 자신의 살을 바라보며 한숨을 쉬는 두레안 선배.

다들 그렇게 너스레를 떨면서도 정말 힘들어하는 이는 없었다.

아마 오늘 밤에 내일을 대비하여 전략을 짜고 마법을 메모라이즈하기 바쁠 것이다.

'저 둘은 마법 실력이 뛰어난 것인가?

재수없는 벨루트는 얼굴에 작은 상처 하나밖에 없었다. 그리고 언제나 무표정하고 말이 없는 세루반 선배는 자신의 스태프를 천으로 닦으며 사람들의 말에 관심을 보이지 않았다.

'점점 어두워지고 있다. 무슨 일이지?

세루반이라 불리는 선배.

나보다 세 살이 많은 세루반 선배는 특이하게도 알아서 마탑에 찾아왔다 하였다.

열두 살 무렵에 마탑에 찾아와 자신의 재능을 스승님께 보이고 제자 자리를 꿰찬 것이다.

그러나 그것 말고는 특이한 것이 없다.

언제나 말이 없고, 선배들과 잘 어울리지도 않으며 마법 수련에만 열심인 세루반 선배였다.

하지만 보고 있자면 가끔씩 섬뜩해지는 그 무언가가 있었다.

숲의 어둠처럼 축 가라앉은 비밀스러운 기운.

가까이하고 싶지 않았다.

"모두들 그럼 각자의 방으로 가자고. 내일은 한 번쯤 바비스 스승님께 우리도 복수를 해야 하지 않겠어?"

"맞아! 이대로 물러날 수 없어! 반드시 이번에는 한 방 터뜨리고 말 거야!"

"호호호! 나도 물론 동참이야. 이대로 물러가기에는 내 자존심이 허락지 않아."

언제나 죽이 잘 맞는 자이콥과 미즈란, 두레안 선배가 내일을 꿈꾸며 각자의 방으로 사라졌다.

"카론, 정말 어디 다친 데 없어?"

내 곁으로 다가와 내 온몸을 살피는 루이나.

"없어. 내가 아직도 어린앤가."

내 생명을 구해주고 마법 수련도 도와줬으며, 검술 수련 때도 아낌없이 자신의 시간을 할애해 주었던 루이나이다.

"피이, 그러면서 힐링 마법은 그리도 잘 받았나요? 호호."

하루의 피곤을 싹 가시게 만들어주는 루이나의 웃음.

숙소의 대기실에 일순간 활짝 꽃이 피는 것 같았다.

찌릿찌릿.

다만 내 뒤통수에 느껴지는 살기 어린 기운만 빼고 말이다.

"루이나, 들어가자. 내일을 위해서는 푹 쉬어야지."

"그래. 호호호! 카론만 있다면 내일도 자신있어."

으드득.

루이나의 웃음소리가 높아갈 때 귓가에 들려오는 이 가는 소리 또한 커져만 갔다.

'바보.'

방으로 들어가면서 등을 돌려 나를 노려보고 있는 벨루트에게 씨익 미소를 날려주었다.

오늘 밤 내 얼굴 덕분에 긴긴 밤을 열 받으며 지새라고 말이다.

'저, 저놈이! 이제 날 죽이려고 하네!'

오랜만에 엉덩이에 느껴보는 낯선 고통.

바비스는 날카로운 창을 들고 바위 위에서 은발을 날리는 카론을 바라보며 기겁을 하였다.

5서클 마법사가 펼치는 슬로우 마법을 무식하게 힘으로 돌파하고 창을 날렸던 괴물 같은 놈.

오늘은 어디서 구했는지 날이 새파랗게 선 창을 들고 서 있었다.

아니, 허리에는 기사라도 되는 양 롱 소드까지 차고 있었다.

'저놈 혹시 마검사? 아니야. 칼로얀 선배가 말해주기를 포

스 홀이 파괴된 놈이라 했어.'

수풀 사이에서 카론을 바라보며 생각이 복잡한 바비스.

조용한 세비스 섬에 머물며 마법 연구를 할 수 있는 조건으로 가끔 어린 후배들의 실력 향상을 위해 놀아(?)주어야 했다.

그리고 지금까지 아무 탈 없이 아이들과 즐거운 놀이를 하고 있었다.

그런데 갑자기 나타난 은발의 후배 놈.

감히 선배 엉덩이에 나무창을 쑤셔 박는 만행을 저질렀다.

'으으, 저 창에 찔리면 며칠은 가겠군.'

아무리 힐링의 윗 단계인 큐어 마법이 있다지만 날 선 창에 찔리면 며칠 동안은 고생을 해야 했다.

외상이야 사라질지 모르지만 파괴된 신경계의 고통은 그대로 남는 것이다.

'어떻게 한다? 저놈과 한 판을 떠야 하는데.'

며칠 동안 내내 저놈과 한 판 승부를 보기 위하여 5서클 마법사의 한계까지 메모라이즈를 해두었다.

그런데 막상 한바탕하려는 순간 보이는 날 선 창에 어제의 끔찍했던 고통이 새록새록 솟아올랐다.

'에잇! 일단 다른 놈들부터 만나고 와야겠군!'

씩씩거리며 등을 돌리는 바비스.

갑자기 치솟는 짜증 때문에 작은 눈이 더 작아졌다.

'다 죽었어, 오늘!'

그리고 애꿎은 다른 이들에게 화를 전가시켰다.

'후후……'

방금 전까지 나를 노려보던 끈적끈적한 기운이 사라짐을 느꼈다.

하지만 그냥 물러날 인간이 아님을 알고 있었다.

"시원하다."

이제 계절은 여름을 지나 가을로 접어드는 시기.

대륙 남부에 위치한 영지답게 아직 뜨거운 기운이 많이 남아 있었다.

휘리리링.

호수를 타고 시원한 바람이 살랑거리며 계속 불어왔다.

항온 작용을 하는 귀한 마법사 로브답게 일 년 사시사철 추운 것도 더운 것도 모르고 살 수 있었다.

그러나 타오르는 태양과 햇살에 드러나는 손목과 얼굴에서는 땀이 흘러내렸다.

그 순간 불어오는 샤빌 호수의 바람.

멀리 고기를 잡는 조그마한 어선 수십 척과 그 주변을 경계하는 군선들이 한가로이 호수를 장식하고 있었다.

한없이 평화로운 광경.

루이나의 말처럼 칼로얀 스승님의 후계자가 되어 이곳에서 영원히 살고 싶다는 생각이 절로 들었다.

"헉! 저, 저건 뭐야!"

한가로운 광경에 마음을 빼앗기고 있던 순간 갑자기 보이는 믿을 수 없는 광경.

바다에서 고기를 잡던 어선들이 사방으로 도망을 가기 시작했고, 몇몇 어선은 이유도 없이 물속으로 가라앉는 것이었다.

"몬, 몬스터가 나타났다! 서펜터 무리가 나타났다!"

"으아아아! 살려줘!"

땡! 땡! 땡! 땡!

바람을 타고 들려오는 급박한 종소리와 어부들의 참혹한 비명 소리.

쉬이이익!

퍼버벙!

커다란 군선에서 대형 화살이 날아가고 수십 발의 화살이 물 위로 쏟아졌다.

쿠아아아!

촤아아악!

물 위로 솟구치는 기괴한 모양의 몬스터 서펜터.

가시처럼 솟아 있는 커다란 입 주변의 이빨들과 검은 빛의 단단한 껍질, 그리고 몸통만큼 긴 네 발.

물속의 오우거라 불리는 서펜터였다.

팟!

바위 위에서 걸음을 박찼다.

눈으로 파고드는 처참한 광경.

작은 어선들이 서펜터의 이빨에 물려 두 동강이 나고, 그 안에 타고 있던 사람들이 물속에 빠졌다.

그리고 기다렸다는 듯이 허우적거리는 사람들을 집어삼키는 날카로운 거대한 이빨.

순식간에 평화롭던 호수가 붉은 지옥으로 변해 버렸다.

'죽일 놈들!'

몬스터라면 치가 떨렸다.

언제나 다정했던 이웃들이 예기치 못한 몬스터의 습격에 돌아오지 못했다. 나에게 미소 지어주던 순박한 사람들이 그렇게 사라지던 날 밤에는 나는 언제나 악몽을 꿨고, 그 악몽은 곧 증오로 바뀌었다.

나의 어머니조차 죽게 만들었던 몬스터.

그 씨를 모조리 말려 버리고 싶을 뿐이었다.

"으아아!"

소리를 지르며 온 힘을 다해 달려갔다.

그게 지금 내가 할 수 있는 최선의 선택이었다.

"막아! 저놈들을 모두 막아!"

샤빌 호수를 지키는 루세프 백작가 군함의 지휘관인 스피릿 나이트 다이안은 목이 터져라 공격 명령을 내렸다.

매해 바다가 범람하는 폭풍의 신 라비돈님의 계절에 호수를 찾아오는 불청객들.

몇 년 동안 잠잠하더니 새카맣게 호수에 몰려들고 있었다.

'신이시여!'

그동안 나름대로 준비를 했건만 엄청난 몬스터의 숫자에 기가 질렸다.

쿵쿵!

"으아아!"

"새카맣게 사방을 포위했다!"

거기에 강화 마법으로 보호되는 군성에까지 들이대는 몬스터 서펜터에 병사들도 동요하고 있었다.

"제길!"

평소처럼 수십 척의 어선이 평화롭게 몰려와 고기를 잡고 있었다. 그러나 지금 보이는 것은 겁에 질려 도망가는 어선들과 그 위에서 노를 젓는 하얗게 질린 어부들의 표정.

조각난 배의 잔해들과 붉은 피뿐이었다.

카라라라라라!

순식간에 수십 명의 어부를 잡아먹은 몬스터 서펜터가 고개를 밖으로 내밀며 만족스러운 괴성을 질렀다.

아마 지금쯤이면 샤빌 호수에서 고기잡이를 하던 수백 척의 다른 어선들도 이런 참상을 맛보고 있을 것이다.

"죽인다!"

서펜터가 입으로 사람의 다리를 문 채 자신을 노려보자 이성이 끊기는 기사 다이안.

파바바밧!

걸치고 있던 슈인트 급 마병갑에서 스피릿의 새파란 기운이 솟구쳐 올랐다.

처저저적!

어느새 온몸을 물샐틈없이 보호를 하며 마병갑은 전투 모드로 들어갔다.

창!

동시에 뽑히는 마병갑과 같은 재질로 만들어진 일체형 마병검.

탓!

다이안의 신형이 뱃전을 박찼다.

놀라운 마병갑의 공능.

비록 육지에서보다는 스피릿의 소모가 커서 사용 시간이

짧았지만 마병갑은 물 위에서도 싸울 수 있었다.

그렇기에 마병갑은 기사들이 꿈에서도 소유하기를 원하는 꿈의 갑옷이었다.

"모두 배에 올라타라!"

"신속히 움직여라!"

군선이 정박 중인 선착장에 내려오자 병사들을 태운 군선들이 막 출발하려 하였다.

"마법사들은 배에 올라타라!"

어느새 나타난 마법사 바비스가 심각한 얼굴로 허겁지겁 달려온 다른 선배들에게 명령을 내렸다.

말로만 듣던 몬스터 소탕 작전이 펼쳐지려는 순간이었다.

"카론, 조심해."

두 척의 배에 마법사들이 나눠 탔다.

바비스와 루이나, 그리고 자이콥, 두레안이 다른 배에 올라 탔고, 숨을 헐떡거리는 벨루트와 미즈란, 세루반 선배가 나와 같은 배를 탄 것이다.

그 와중에도 나를 걱정해 주는 루이나.

"루이나, 몸조심해!"

고개를 끄덕이며 걱정스러운 눈빛으로 루이나에게 조심하라고 소리쳤다.

'분위기가 심각하다.'

마법사들을 기다렸다가 출발하는 두 척의 군선.

돛이 펄럭였고, 아래층에서 수십 개의 노가 물살을 가르기 시작했다.

"크아악!"

"살려줘! 으아아아악!"

그 와중에도 선착장을 비롯하여 해안가로 도망치는 어선들에서 비명 소리가 메아리치며 들려왔다.

'이곳도 결코 평화롭지 않군.'

타로칸 스승님이 말씀하셨다.

세상에 사람 사는 곳 중 평화로운 곳은 없다고 말이다.

권력을 쥔 자들은 권력을 지키기 위하여, 돈이 있는 자들은 돈을 위하여, 가난한 자는 생명을 유지하기 위하여, 힘있는 자들은 남의 것을 빼앗기 위하여 저마다 목숨을 걸고 산다 하였다.

잠시나마 평화스럽다는 생각이 들었던 샤빌 호수.

끔찍한 지옥으로 변한 모습으로 내 앞에 나타났다.

"모두 전투 준비!"

처저적!

갑판 위에 있던 병사들이 팽팽하게 조여진 석궁과 활을 들고 결연한 표정으로 물을 노려보았다.

그리고 물살을 가르는 힘찬 노들도 끝에 창이 달려 있었다.

둥! 둥! 둥!

어디선가 울리는 둔중한 북소리.

촤아악!

100미온도 안 되는 곳에서 몬스터 서펜터가 물 위에 모습을 나타내며 한 바퀴 재주를 돌았다.

'헉! 마병갑!'

그리고 보였다.

마병갑을 걸친 스피릿 나이트 한 명이 물 위를 날아다니며 힘차게 검을 뿌리고 있었다.

놀라웠다.

마병갑을 사용하는 스피릿 나이트가 물 위에서도 공격력을 발휘할 수 있다는 이야기는 들었지만 이렇게 직접 본 것은 처음이었다.

'마치 땅 위를 달리는 것과 같다.'

평지를 달리듯 물 위를 달리며 고개를 내미는 서펜터에게 스피릿이 가득 담긴 일검을 뿌리는 마병갑의 기사.

그 주위로 몬스터가 흘린 푸른 피가 새파랗게 흐르고 있었다.

"플라이!"

5서클 마법사 바비스가 참지 못하고 몸을 날렸다.

4서클 마법사 이상만 펼칠 수 있는 플라이 마법.

어느새 바비스의 신형은 바람을 가르며 마병갑을 걸친 기사 주변으로 날아갔다.

"그만 피해, 이 덜떨어진 기사야! 마병갑이 돈이 얼마짜리인데!"

그리고 들려오는 바비스의 충격적인 한마디.

그 와중에도 바비스는 돈 타령을 하였다.

쉬익.

마법사가 나타나자 배 위로 몸을 훌쩍 날리는 스피릿 나이트.

"이놈들아, 이거나 처먹어! 체인 라이트닝!"

4서클 플라이 마법을 펼치면서 5서클 마스터만이 펼칠 수 있는 공격 마법의 화려한 결정판, 체인 라이트닝 마법.

허공 위에 뜬 상태 그대로 호수를 향해 힘껏 마나가 가득 담긴 스태프가 휘둘러졌다.

콰지지지지지지직!

'5, 5서클 마법!'

단 한 번도 본 적이 없는 5서클 마법 공격.

스태프의 마정석에서 어마어마한 마나가 물 위에 쏟아지기 시작했고, 곧 호수물 위로 파란 불꽃이 튀기 시작했다.

쿠에엑!

크아아아오오오!

찌지지지지직.

반경 50미온 정도에서 벼락이 내리친 것 같은 엄청난 전격이 흘러 다니며 수십 번을 강력한 파란 불꽃을 만들어내며 튀었다.

그러자 물속에서 밖으로 튀어나와 하얀 거품을 풍기며 솟아오르는 수십 마리의 서펜터.

"죽어! 다 죽어버려! 크하하하!"

스태프의 마정석에 모인 모든 마나를 다 쏟아 부으며 광소를 터뜨리는 마법사 바비스.

약간 모자란 듯한 그가 지금 이 순간만큼은 존경스러워 보이기까지 하였다.

그리고 광소에 걸맞게 엄청나게 많은 서펜터들이 물 위로 떠올랐다.

휘청.

'저, 저런!'

하지만 그것도 잠시, 플라이 마법을 시전할 마나까지 다 사용한 듯 바비스의 몸이 허공중에서 위태롭게 흔들렸다.

'에휴.'

고개가 절로 저어졌다.

아무리 마나가 돈이 안 드는 것에 속하지만 남용을 하면 한동안 사용할 수 없다는 단점이 있었다.

그런데 앞뒤 분별도 없이 무식하게 마나를 뿌려 버리는 바비스.

얼굴이 샛노랗게 변하며 루이나가 타고 있는 배로 날아갔다.

"와아아아! 바비스 마법사님이 서펜터를 물리쳤다!"

"바비스! 바비스!"

병사들의 화살로는 서펜터의 몸에 작은 상처를 내는 것이 고작이었다.

그렇기에 더욱 마법에 열광하는 병사들.

존경의 눈빛으로 바비스를 바라보았고, 힘겹게 후들거리는 다리로 배 위에 착지하던 마법사 바비스는 누렇게 뜬 얼굴로 손을 흔들었다.

'이것이 끝이 아니다. 무언가가 저 깊숙한 곳에 있다!'

갑자기 느껴지는 불길한 느낌.

숲에서 배운 본능이 발현되었다.

"모두 호수를 오염시키기 전에 서펜터의 시체를 끌어 올려라!"

마병갑을 걸친 기사가 병사들에게 명령을 내렸다.

처저적!

그 말이 끝나기가 무섭게 익숙한 듯 끝이 날카로운 작살을 던져 서펜터의 몸에 작렬시켰다.

좌좌좌좍!

이미 체인 라이트닝 마법에 죽음에 임박한 서펜터.

살점을 뚫고 박힌 작살 사이로 푸른 피가 호수에 물감처럼 뿌려졌다.

두근두근.

그리고 나의 알 수 없는 긴장감도 깊어졌고, 손에 들린 창에 힘이 바짝 들어갔다.

"오, 온다!"

저 깊은 물속에서부터 부상하기 시작하는 거대한 검은 그림자.

나도 모르게 소리쳤다.

"뭐, 뭐야?"

"저 마법사님 왜 저래?"

"카론, 왜 그래? 뭐가 온다는 거야?"

아직 상황 파악을 못하고 미즈란 선배를 비롯한 병사들이 나를 이상하게 보았다.

"모두 피해!!"

있는 힘껏 목청을 돋우며 사람들을 향해 고함을 질렀다.

"……."

일순간 나를 멍하니 바라보는 병사들과 마법사들.

쿠아아아아아아아아아아아아아!!

물속에서 거대한 그림자가 튀어나왔다.

그리고 그대로 마병갑 기사와 병사들을 태우고 있는 배 위로 시커먼 아가리를 벌려 물어뜯었다.

콰직!

보호 마법진이 걸려 있음이 분명한 군선이 엄청난 괴력에 그대로 두 동강이 났다.

"으아아악!"

"데몰리터가 나타났다!"

"크아악! 도, 도망쳐! 어서 도망쳐!"

데몰리터라는 말과 함께 온통 공포의 도가니에 빠진 병사들.

서펜터에는 나름대로 용감히 맞서던 병사들의 얼굴에는 오직 공포와 절망밖에 없었다.

'저놈이 왜 이곳에?!'

데몰리터.

심해 몬스터로 분류되는 최강의 바다 몬스터 중 하나.

길이가 보통 20미온에 몸무게는 30,000키랑 정도였으며 껍질은 단단해서 일반 화살과 창 따위는 박히지도 않는 몬스터.

몸체만 한 커다란 입과 세 개의 노란 눈동자, 등을 타고 1미온 크기의 뿔이 나 있는 모습은 보는 것만으로 사람의 심장을 멈추게 만들 정도였다.

콰드득콰드득!

단 한 번에 부서진 군선.

어느새 물속에 처박힌 놈은 죽은 서펜터의 시체와 물에 빠진 병사들의 육신을 거대한 입으로 삼키기 시작했다.

'놈은 서펜터를 따라왔다! 그리고 지능이 있다!'

몬스터 분류표에 나타난 데몰리터에 대한 정보.

수백 년을 사는 몬스터답게 인간과 유사한 지능을 소유하고 있다 하였다.

몬스터지만 몬스터라 볼 수 없는 바다의 영리한 폭군이었다.

"도망쳐! 뭐 하나! 빨리 노를 저어라!"

동료들이 물속에 처박혀 허우적거리고 있건만 비정한 명을 내리는 기사들.

명예도 좋고 의리도 좋았지만 대상을 보고 객기를 부려야 하는 것이었다.

'스피릿 나이트가 사라졌다.'

더욱이 스피릿 나이트가 타고 있던 배가 공격을 당해 스피릿 나이트의 생사가 어찌 됐는지조차 알 수 없었다.

아무리 마병갑을 소유한 스피릿 나이트라 하더라도 마병

갑에 스피릿을 불어넣기 전에는 마병갑의 효능을 극대화시킬
수 없었다.

또한 무식하게 마나를 퍼부으며 서펜터를 잡아버린 바비
스에게서 고서클 마법을 기대하기도 어려웠다.

"마법을 퍼부어! 어서!"

바비스가 큼지막한 입으로 명령을 내렸다.

스륵스륵! 꿀꺽꿀꺽!

사람들이 보고 있건만 여유로운 모습으로 식사를 즐기는
놈.

물 밖으로 드러난 세 개의 눈동자에 비웃음이 담겨 있었다.

무력한 인간들을 조롱하는 것이다.

"아이스 애로우!"

"라이트닝!"

"파이어 볼!"

기다렸다는 듯 선배들의 마나 스태프에서 각자 최강의 공
격 마법이 펼쳐졌다.

퍼버버벅!

파지지지직!

마나를 머금은 마법들이 각각의 빛을 뿌리며 유유히 떠 있
는 놈의 몸에 작렬했다.

"……."

모든 이의 시선이 데몰리터를 향했다.

쿠아아아아아아아아!

"으아아! 놈이 흥분했다!"

"도망쳐! 빨리 노를 저으란 말이야!"

상황이 더욱 악화되어 버렸다.

식사를 즐기던 놈의 눈빛이 시퍼런 광망을 뿜기 시작했다.

단단한 검은 가죽 위로 그을린 자국과 작은 상처 몇 개.

3서클 마법 공격으로 얻은 결과였다.

'마법 저항력이 뛰어나다!'

마법 저항력이 있다고 책에 적혀 있었지만 저 정도일 줄은 몰랐다.

"4, 4서클 이상의 공격 마법만 놈에게 통한다! 이런 젠장할!"

사람들에게 보여주기 위하여 마나를 낭비해 버린 바비스가 욕을 뱉어냈다.

"온다! 놈이 움직인다!"

물에 빠져 허우적거리는 사람들과 서펜터의 시체들을 놔두고 몸을 튼 놈.

슈우우욱!

물속으로 사라졌다.

그러나 사람들은 알고 있었다.

놈의 공격은 이제 시작이라는 것을 말이다.

촤악! 촤악! 촤악!

노가 쉴 새 없이 움직이며 배를 섬으로 이동시켰다.

제법 빠른 배라 여겼건만 지금은 한없이 느린 속도였다.

'루이나!'

물속을 바라보며 놈의 기척을 느꼈다.

그리고 느껴지는 놈의 짙은 살기.

루이나가 타고 있는 배를 향하고 있었다.

'놈은 바비스가 고서클 마법사라는 것을 알고 있다. 서펜터는 고서클 마법사를 알아내기 위한 미끼였다!'

대단하다고밖에 말할 수 없는 놈의 교활함.

'루이나가 위험하다!'

"루이나! 어서 레비테이션 마법을 펼쳐! 어서!"

다른 이의 생명보다 더 소중한 루이나.

있는 힘껏 소리쳤다.

그때 고개를 내 쪽으로 돌리는 루이나.

사람들의 고함 소리와 배의 노 젓는 소음에 알아듣지 못한 것 같았다.

"도망쳐! 어서!"

손가락으로 하늘을 가리켰다.

그제야 말뜻을 알아차린 루이나.

그러나 고개를 저었다.

루이나는 이곳의 영주인 칼로얀 백작의 하나뿐인 손녀이자 영지의 마법사.

평소 정의롭던 루이나의 성격상 혼자 도망치지는 않을 것이다.

"빌어먹을! 빌어먹을!"

입 밖으로 튀어나오는 욕지거리.

눈뜨고 그녀의 죽음을 목도할 수는 없었다.

콱.

창을 강하게 움켜쥐었다.

'놈의 눈을 공격한다!'

기회는 단 한 번뿐이었다.

그리고 곧 그 기회이자 위기는 바로 들이닥쳤다.

촤아아아아아아아악!

물살을 가르며 물살 위로 튀어 오르는 놈의 거대한 검은 동체.

루이나가 타고 있는 배를 노리며 허공으로 10미온 이상 높이 떠올랐다.

"으아아아아아아아아아악!"

"크아아악!"

놀라 비명을 지르는 병사들.

포물선을 그리며 그대로 지상으로 떨어지려는 놈의 몸통.

"죽어, 이 새끼야!"

쉬이이익!

손을 떠나는 익숙한 창이 바람을 갈랐다.

'제발!'

단 한 번의 기회밖에 없었던 사냥.

맹수와의 접전도 있었고, 몬스터와 싸울 때도 있었다.

그때마다 언제나 기회는 한 번밖에 없었다.

사느냐 죽느냐의 순간.

내 공격이 먹혀야만 내가 살 수 있었다.

그리고 내 손을 떠난 창은 근육에 불어넣은 마나를 머금고 엄청난 속도로 허공을 갈랐다.

똑똑히 바라보았다.

놈의 정중앙 눈을 향해 날아가는 날카로운 창날을.

퍼억!

콰악!

둔중한 파육음에 손을 강하게 움켜쥐었다.

'됐다!'

30미온의 거리를 날아간 창이 놈의 눈 정중앙에 박히는 모습이 선명하게 보였다.

쿠에에에에에에엑!

놈이 물 위로 떨어지면서 비명을 질렀다.

파란 피가 사방으로 튀었고, 고통에 비틀어진 놈의 몸이 허공에서 엄청나게 요동쳤다.

콰직!

그 순간 놈의 꼬리가 루이나가 타고 있는 뱃전을 강타했다.

콰드드득!

"으아아아아아!"

다행스럽게 앞선 군선처럼 박살이 나지 않았지만 가공할 놈의 몸통에 뱃전이 깨졌다.

그리고 앞부분부터 천천히 가라앉는 배.

"아아아악!"

"살려줘!!"

물속에 빠지면서 병사들이 이쪽의 배를 바라보았다.

"뭐, 뭐 해! 어서 노를 저어! 데몰리터가 화가 났어! 도망치지 않으면 우리는 다 죽어!"

뒤에서 들리는 익숙한 자의 목소리.

콰드드드드드드드!

출렁출렁!

눈이 꿰뚫린 고통에 물 위에서 요동을 치는 데몰리터.

그놈의 움직임에 군선에 파도가 몰아치며 요동을 쳤다.

"움직이지 않으면 우리라도 살아야지. 병신 같은 놈들!"

동료들이 물속에 빠지는 모습에 얼이 나간 병사들을 비웃으며 욕을 퍼붓는 개새끼.

창!

검을 뽑았다.

그리고 그대로 뒤로 검을 날렸다.

쉬이익!

캉!

검에 부딪친 마나 스태프에서 불똥이 튀었다.

"허억!"

레비테이션 마법을 펼치려 마나를 불어넣고 있던 벨루트의 얼굴이 하얗게 변하였다.

"비겁한 놈, 오크보다 못한 개새끼……."

눈에서 불똥이 튀었다.

동료들이 죽어가건만 자신의 살 궁리만을 하는 벨루트.

"왜, 왜 그래……?"

마나 스태프를 튕겨 버리고 자신의 목에 검을 들이대자 공포에 질린 얼굴로 왜 그러냐고 묻는 더러운 놈.

분노의 숲이었다면 입을 찢어버렸을 것이다.

"배를 돌려라! 동료를 버리고 도망치고도 너희들이 편안한 잠을 잘 것 같으냐! 죽을 때까지 악몽에 시달릴 것이라면 차라리 장렬히 죽어라! 그것이 이 영지를 수호하는 너희들의 본분이다!"

놀라 나를 바라보고 있는 병사들에게 호통 쳤다.

"뭐 하나! 저기 너희들의 친구와 형제가 죽어간다! 빨리 노를 저어라!"

두려움에 떨고 있는 기사에게 소리쳤다.

"노, 노를 저어라! 동료들을 구하라!"

그제야 정신을 차리고 명령을 내리는 기사.

"악! 루이나! 바비스 스승님!"

천천히 침몰하는 배 위로 자이콥과 두레안이 레비테이션 마법을 펼쳐 하늘로 치솟는 모습이 보였다.

그러나 멍청한 바비스를 놔두고 마법을 펼치지 못하는 루이나가 바비스와 함께 뱃전을 움켜쥐고 있었다.

"저 작살에 인첸트 웨폰 마법을 걸어! 어서!"

그때 눈에 띈 거대한 작살.

대형 몬스터를 잡기 위하여 배에 설치된 거대한 석궁에 장착되는 두꺼운 작살이었다.

"네, 네놈이 뭔데 명령이야!"

내 명령에 악독한 눈빛을 빛내며 악을 쓰는 벨루트.

마법을 걸고 얼마 남지 않을 마나를 걱정하는 것 같았다.

짝.

스태프가 들려 있는 왼손이 허공을 갈랐다.

투둑.

강력한 힘이 담긴 일격에 벨루트의 입술이 터지며 붉은 피가 뱃전에 떨어졌다.

"내 말을 거역하면 죽여 버릴 것이다! 바로 이 자리에서!"

머릿속에 떠오르는 하나의 계책.

그 방법을 사용하기 위해서 마나를 아껴야 했다.

검을 벨루트의 목에다 들이댔다.

"카론! 멈춰! 내, 내가 할게!"

놀란 미즈란 선배가 자신이 마법을 펼치겠다고 하였다.

"미즈란 선배는 레비테이션을 펼쳐 피하십시오. 이것은 남자들만의 세계입니다."

세슬 마을에서는 몬스터를 막는 것은 남자들만의 몫이었다.

"벨루트! 세루반! 어서 마법을 펼쳐!"

자신밖에 모르는 벨루트와 지금도 무관심한 눈빛을 보내는 세루반에게 반말로 소리쳤다.

"우, 우리의 친구 마나여, 여기 그대들의 의지로 강력한 힘을 부여하여라. 인첸트 웨폰!"

"인첸트 웨폰!"

마법 주문을 외우는 벨루트와 달리 메모라이즈라도 해놓은 것처럼 세루반은 작살에 인첸트 웨폰 마법을 바로 펼쳤다.

파앗!

마나 스태프에서 뿜어지는 파란 빛의 마나.

작살 두 개에 무기 강화 주문을 펼쳤다.

차작!

마법이 펼쳐지자 벨루트의 목에서 검을 회수해 마나 스태프와 함께 검집에 꽂았다.

그리고 마나 덕분에 파란 빛을 뿜는 작살 두 개를 양손에 들었다.

"레비테이션!"

대몬스터용 작살은 무거웠다. 그러나 이것저것 가릴 처지가 아니었다.

메모라이즈해 두었던 레비테이션을 펼치며 그대로 몸을 띄웠다.

쿠아아아! 쿠아아아아아!

어느 정도 고통이 가셨는지 분노를 터뜨리는 데몰리터.

물속에 가라앉고 있는 루이나의 배를 노려보고 있었다.

'루이나……'

허공에 떠오른 내 모습을 바라보는 루이나.

창백한 미소를 짓고 있었다.

‘카론…….’

양손에 거대한 작살을 들고 힘겹게 마법을 펼치며 날아오른 카론의 모습.

루이나는 기울어지는 뱃전을 손으로 움켜쥐며 카론의 모습을 눈에 담았다.

그를 처음 만난 3년 전.

그날은 부모님이 돌아가신 날이었다.

언제나 그날이면 홀로 호수에 배를 띄워 실컷 눈물을 흘렸다.

너무나 자신을 사랑했던 아빠와 엄마의 모습.

아무리 할아버지가 잘해주어도 아빠와 엄마의 품과는 비교할 수 없었다.

그렇지만 슬픔을 내색할 수도 없었던 루이나는 홀로 눈물을 펑펑 흘리며 호수에 어릴 적 추억을 뚝뚝 담았다.

그러다 발견한 카론.

어디서부터 떠내려 왔는지는 모르지만 물에 사는 몬스터에게 공격을 당하지 않은 모습으로 나무를 붙잡고 있었다.

아직 어린 나이로 보였건만 기절한 상태에서도 악착같이 나무를 붙잡고 있던 카론.

루이나가 힘겹게 마법을 사용하여 물에서 건져 올려 품에 안자 그의 입에서 엄마라는 이름이 흘러나왔다.

너무나 애절하고 간절히 부르는 엄마라는 단어.

루이나가 매일 부르던 엄마와 똑같은 그리움이 가득 담겨 있었다.

그리고 시작된 카론과의 추억.

놀랍게도 카론은 심장에 마나를 담을 수 있는 마법사의 재질이 농후했고, 그 재질을 인정받아 할아버지의 제자가 될 수 있었다.

생각지도 못한 카론과의 시간들.

루이나는 그 와중에 카론이 보여준 아버지 같은 남자다운 모습에 마음을 빼앗기기 시작했다.

말이 없었지만 언제나 든든한 고목 같은 카론.

마법을 배울 때나 마법사임에도 검을 기사들보다 더 숭고하게 휘두를 때 루이나는 진정한 남자의 향기를 맡을 수 있었다.

옆에서 지켜보는 것만으로도 루이나는 편안함을 느낄 수 있었다.

잃어버린 아버지의 단단한 품을 카론을 통해 다시 맛볼 수 있었던 것이다.

그렇게 카론을 향해 마음을 열어간 루이나.

자기를 위하여 작살을 들고 무모하게 공격을 퍼부으려는 카론을 보며 가슴이 뛰는 것을 느꼈다.

할아버지의 후계자가 되어달라는 말로 카론에 대한 자신의 사랑을 수줍게 고백했다.

그리고 오늘, 그 사랑하는 이의 뜨거운 마음을 느낄 수 있었다.

"됐다! 루이나, 이만 올라가자!"

어느 정도 마나를 회복했는지 스태프를 치켜들고 굳은 입을 여는 바비스.

어릴 적부터 할아버지 다음으로 자신을 사랑해 주었던 바비스를 놓아두고 루이나는 혼자 살겠다고 마법을 펼칠 수 없었던 것이다.

"네……."

대답을 하면서도 루이나는 물 위를 떠다니는 병사들의 모습을 바라보며 눈시울을 붉혔다.

"레비테이션!"

쿠아아아아아아!

촤아아아아악!

"레비… 컥!"

그렇게 연약해지는 마음을 추스르며 바비스의 뒤를 이어 마나 스태프를 치켜들고 마법 주문을 외우려던 루이나.

갑작스럽게 고막을 울리는 엄청난 데몰리터의 울음에 마나가 뒤엉키고 말았다.

첨벙!

엉클어진 마나에 숨이 막혔고, 그 순간 마나 스태프가 손에서 떨어져 물속으로 처박혔다.

주루루룩!

아니, 마나 스태프의 뒤를 이어 힘없이 물속으로 몸을 떨어뜨리는 루이나.

풍덩 소리와 함께 비릿한 피 내음이 가득한 호수로 떨어지고 말았다.

'루이나!'

물속으로 빠져 버린 가녀린 그녀의 육신.

마법을 펼치면서 무거운 작살을 어깨에 메고 비명을 지를 수는 없었다.

자칫 마나가 흐트러져 물속에 처박힐 수 있는 상황.

숲이 가르쳐 준 냉정함이 뜨거워지는 피를 식혔다.

쿠오오오! 쿠오오오!

고통에서 회복한 놈이 엄청난 분노의 함성을 지르며 다가왔다.

좀 더 빨라진 움직임.

어느새 루이나가 있는 곳과 10미온도 안 되는 거리까지 이르렀다.

'저 상태로는 마법을 펼칠 수 없다!'

물속에 빠진 루이나는 집중력이 뛰어난 고서클의 마법사가 아니었다. 더군다나 마나 스태프조차 물속에 빠뜨려 버린 상황.

가벼운 로브 덕분에 물속으로 깊숙이 가라앉지는 않았지만 절대적으로 위험한 순간이었다.

스르르륵.

플라이 마법에 비하면 굼벵이 같은 레비테이션 마법.

있는 힘껏 마나를 끌어올리며 놈에게 날아갔다.

놈을 죽이지는 못하더라도 물리쳐야 할 상황.

인첸트 웨폰 마법이 걸려 있는 두 개의 작살이 모든 이의 희망이 되어버렸다.

'카론! 넌 할 수 있다! 할 수 있다!'

루이나에게서 시선을 떼고 놈을 바라보며 그대로 날았다.

멈출 수 없는 상황.

언제나처럼 죽기 아니면 살기였다.

'호호호, 건방진 놈!'

감히 자신의 목에 검을 들이댄 카론이 데몰리터를 향해 어설픈 작살을 들고 날아가자 벨루트는 속으로 웃음을 터뜨렸다.

'뒈져 버려라! 이 버러지 같은 산 도둑놈!'

3서클 마법사 주제에 겁도 없이 작살 두 개를 들고 날아가는 놈의 꼴이 우스웠다.

서펜터도 아니고 상대는 바다의 거대 몬스터 데몰리터.

만약 공격에 실패한다면 놈은 그대로 데몰리터의 입속에 처박힐 것이 분명했다.

비록 레비테이션이 2서클 마법에 불과하지만 공중부양 주문이기에 제법 많은 마나를 소모하는 마법이었다.

거기에다 놈은 10키랑은 충분히 나갈 두 개의 작살을 메고 날아가고 있는 상황.

마법사의 생명이라 할 수 있는 마나 스태프조차 옆구리의 검집에 차고 날아가는 꼴이 우스웠다.

'죽어, 이 잡종 놈아!'

모든 이의 안타까운 시선 속에 번들거리는 타락한 염원을 한껏 뿌리는 벨루트.

그의 소망대로 카론의 몸이 어느새 데몰리터의 머리 위에 도착해 있었다.

'놈이 나를 봤다!'

빠르게 움직였음에도 어느새 고통에서 벗어나 나를 노려보는 데몰리터의 핏발 선 눈동자.

1미온은 돼 보이는 놈의 남아 있는 양쪽 눈이 분노에 젖은 시선으로 나를 죽일 듯이 노려보았다.

스르르륵.

그런 와중에도 슬금슬금 루이나 곁으로 움직이는 놈.

알고 그렇게 행동하지는 않았겠지만 손에서 식은땀이 흘러내렸다.

행동을 결정할 때였다.

순간의 선택이 미래를 결정하는 아주 중요한 순간이었다.

콰직!

그 생각은 짧았고, 내 손에 들린 작살에는 힘이 가득 들어갔다.

'루이나를 살린다.'

물에 빠진 병사들과 루이나를 구하기 위하여 접근한 군선이 바쁘게 밧줄을 던지고 있었다.

이제 필요한 것은 시간과의 싸움.

놈의 눈을 마주 노려보며 오른쪽의 작살을 움켜 들었다.

쿠르르르르!

작살을 움켜쥐자 눈알을 굴리던 놈이 물속으로 가라앉기 시작했다.

나는 공중에서 유리하지만 놈은 물속에서 유리한 존재.

"타앗!"

그대로 놈의 눈을 향해 작살을 던졌다.

쉬이이이익!

엄청난 무게 덕분에 묵직하게 쏘아가는 작살.

놈이 본능적으로 눈을 보호하기 위하여 몸을 틀었다.

'기회다!'

나를 시선에서 놓치기를 기다렸던 순간,

그대로 남은 작살을 들고 놈의 왼쪽 눈을 향해 몸을 날렸다.

쇄애애액!

파라라락!

10미온의 높이에서 추락하자 마법사 로브가 순간 바람을 머금고 펄럭였다.

퍼버벅!

예상대로 놈의 눈을 비껴 머리통에 꽂힌 첫 번째 마법이 걸려 있는 작살.

쿠아아아아!

고통에 소리를 지르는 데몰리터.

이상한 낌새를 느꼈는지 눈을 뜨고 나를 찾았다.

그리고 떨어지는 그 순간, 놈의 왼쪽 눈알과 내 눈은 서로의 모습을 눈 속에 담을 수 있었다.

씨이익.

입가에 지어지는 미소.

잊지 않고 있었던 사냥꾼의 본능이 온몸을 불태웠다.

콰직!

그리고 양손에 들고 있던 작살이 그대로 놈의 왼쪽 눈에 틀어박혔다.

파바밧!

엄청난 데몰리터의 체액이 온몸을 적셨다.

손목까지 틀어박힌 작살.

물컹거리는 데몰리터의 눈 속을 향해 본능적으로 온 힘을 다해 작살을 더 밀어 넣었다.

쿠아아아아아아아아아아아아아!

귀청이 찢어질 것 같은 놈의 비명.

발버둥을 치는 놈이 물속에 대가리를 처박으려 하였다.

'헉!'

손을 놓으려는 그 순간, 질긴 마법사 로브가 데몰리터의 찢겨진 눈 안쪽의 무언가에 걸려 움직이지 않았다.

'루이나…….'

고개를 돌렸다.

짧은 순간 루이나의 모습이 흐릿하게 보였다.

스쳐 지나가듯 보이는 루이나의 눈길.
나를 보며 한없이 슬퍼하고 있었다.
풍덩!
귓가에 들려오는 물을 가르는 엄청난 굉음.
그리고 곧 차가운 물결이 내 숨을 막아오기 시작했다.

『카론』1권 끝

fly me to the moon
플라이 미 투 더 문

새로운 느낌의 로맨스가 다가온다!

판타지의 대가 이수영 작가의 신작!
드디어 판매 카운트다운!

플라이 미 투 더 문 | 이수영 지음

판타지의 대가, 이수영. 그녀가 선보이는 첫 번째 사랑이야기.
사랑, 질투, 음모, 욕망……
상상한 것 이상의 절애(切愛), 그 잔혹한 사랑이 시작된다.

온전히, 그의 손에 떨어진 꽃. 잡았다.
짐승의 왕은 즐거웠다.

인간, 그리고 인간이 아닌 자.
절대로 이어질 수 없는 두 운명이 만났다!
사랑 혹은 숙명.
너일 수밖에 없는 愛.

1998년 〈귀환병 이야기〉
2000년 〈암흑 제국의 패리어드〉
2002년 〈쿠베린〉
2005년 〈사나운 새벽〉

그리고 2007년,
『FLY ME TO THE MOON』

유행이 아닌 자유추구 –
WWW. chungeoram.com
BOOK Publishing CHUNGEORAM

초등학생이 반드시 읽어야 할 좋은 책 49권

각 학년별로 초등학생이 반드시 읽어야할 좋은 책을 선정하여 통합논술의 기본이 되는 '올바른 독서법'을 일깨워 줍니다.

교과서와 함께하는
초등학교 통합논술

초등1학년 | 값 12,000원 / 초등2학년 | 값 9,500원 / 초등3학년 | 값 11,000원 / 초등4학년 | 값 9,500원 / 초등5학년 | 값 9,500원 / 초등6학년 | 값 11,000원

♣ 혼자 할 수 있어요.

엄마가 책 읽는 방법을 가르쳐 주어도 좋아요.
독서지도하는 선생님이 가르쳐 주어도 좋답니다.
"초등 교과서와 함께하는 **통합논술 시리즈**"는
아이 스스로 독서할 수 있도록 꾸며진 책이에요.
엄마와 선생님은 요령만 가르쳐 주시면 된답니다.

♣ 교과서의 중요한 내용이 총정리되어 있어요.

각 학년별로 중요한 교과 내용이 함께 수록되어 있어요.
초등학생은 교과서 내용을 충실하게 공부해야 합니다.
아울러 그와 병행한 독서가 대단히 중요하지요.
"초등 교과서와 함께하는 **통합논술 시리즈**"는
두가지 방법 모두 알려준답니다.

♣ 이 책은 훌륭하신 선생님들이 함께 쓰신 책이랍니다.

동화작가 선생님들이 쓰셨어요. 소설가 선생님도 쓰셨답니다.
국어 논술독서지도 선생님들도 함께 쓰셨지요.
"초등 교과서와 함께하는 **통합논술 시리즈**"는
엄마의 마음으로 모든 선생님들이 함께 꾸민 책이랍니다.

입소문을 통해 아는 분은 다 알고 계십니다!
올 한해 공인중개사 최고의 화제작!

1~2권 합본 | 이용훈 지음
3~4권 합본 | 이용훈 지음
5~6권 합본 | 이용훈 지음
용어해설 | 이용훈 지음

수험생 기본 필독서
만화 공인중개사

제목 : 만화공인중개사 쓰신 분에게 감사드립니다.

학원을 두 달 다녔어요. 근데 과연 그 숫자 외우기 그런 게 몇 문제나 나올까 생각을 했어요.
아니라는 생각이 드네요. 학원강의를 뒤로하고 서점을 갔어요. 내 머리에가장 이해될수있는
책이 없나 하구요. 거기서 만화를 발견했어요. 무조건 세 번 봤어요. 3개월 걸렸어요. 문제집을 보라고
했는데 그건 시행을 못했어요. 근데 합격을 했네요.
어떻게 감사의 말을 해야 될지…….
도서관에서 만화책 들고 다니니까 사람들이 비웃더라구요. 만화책으로 공인중개사를 공부한다고
미친 사람처럼 보더라구요. 근데 그거 다 감수하고 했던 내가 자랑스럽습니다.
어떻게 감사의 말을 해야 할지… 정말 감사합니다.
부디 행복하세요. 제 나이 41살에 좋은 스승을 만난 것 같습니다.
엎드려 감사드립니다.

－본사 홈페이지에 독자분이 올린 메일 中 에서 발췌－